我把時光予你

暖暖 著

【推薦序】／盼兮

很榮幸能替《我把時光予你》這本書寫推薦序。

暖暖是我很景仰的作家，暖暖的文字細膩，故事轉折很棒，一旦翻開書開始閱讀，不到最後一頁，我絕對捨不得放下書。

《我把時光予你》這個故事帶給我很多驚喜，好幾次以為這就是角色的結局了，結果翻到下一頁，新的劇情再度推翻我的推測（笑）

本書看似圍繞在拯救時予這個角色的跨時空任務，但透過倪允璨和時予的人生，這個故事還帶出許多重要的事，比如親情與成長過程中會遇到的諸多難題。

隨著故事中角色的成長，身為讀者的我彷彿也一同跟著成長。

閱讀的過程，我被很多句子深深的觸動，其中這句話我特別有感觸：「他們來到彼此身邊，是為了教會彼此勇敢和珍惜，也是為了學會道別。」我想勇敢、珍惜與道別不僅是倪允燦需要學習的課題，也是所有曾經在青春和愛情裡掙扎過的人的課題。

希望能讓更多人看到，一起喜歡上這個故事，同時我也期待暖暖未來更多的作品，喜歡暖暖的文字，或是偶然翻開這本書的讀者千萬不要錯過這本書！

【推薦序】／蔚夏

大家好，我是蔚夏。很榮幸可以收到暖暖的邀請，來為我們的時予和允璨寫推薦序。也要再一次恭喜《我把時光予你》這個故事終於出版了！

還記得第一次看到這個故事的簡介時，最吸引我的兩句話，一為：他想結束的是痛苦，不是生命；另一則為：時予要活下去。至今回想起來，這仍是我想起他們時，最心疼的兩句話。而這兩句話，其實也是他們的終始。

暖暖在站上的後記有提到，時予大概是一個「三不」男主，不勇敢、不說話、不寬容自己。但也是這樣的時予，走進了我的心。而這樣的時予，也更像大部分的我們，有缺點、有傷口、不是那麼明亮、也沒有那麼多奇蹟加身，他只是一個普通的少年，脆弱而溫柔。

這樣的時予，每一次笑起來都讓人覺得幸福。這是我讀完這個故事時，留下的一句話。

時予很幸運，遇見了一個名為倪允璨的女孩。

我也很慶幸，允璨能夠回去，把時予留下來。

我想，《我把時光予你》這個名字，不只是二十五歲的倪允璨對時予的想念，也是十七歲的倪允璨為時予接續後來的時間。

也更是，她這漫長時間裡，將他放置心中的、妥貼珍藏。
希望你們喜歡這樣的他們；並且能夠在這個故事裡，擁有一段美好的時光。

目　次
CONTENTS

【推薦序】／盼兮　003

【推薦序】／蔚夏　004

第一章　013

第二章　060

第三章　112

終章　163

【後記】　234

時予，能不能讓我忘記你。

讓我忘記你，忘記自己沒有救到你。

忘記自己沒有在你身邊寸步不離。

從很久以前，倪允璨希望自己的喜歡與想念全繫在一個人身上。睡前必須道晚安、睡醒第一個想起，在巷口會捨不得道別、在人群裡會忍不住找尋。

她要把她的所有悲傷和快樂都分享給他。

可是，這樣一個讓她惦記的人，現在她寧願淡忘，一點點就好，被回憶綑綁、身陷泥淖，城市的每個角落都有很熟悉的聲息背影。

她開始害怕每個相似的身影。

내 어린 날의 사랑이여 안녕　我年少時期的愛　再見了
이제는 보내 안녕 안녕 안녕　現在要送你離開　再見　再見　再見
내 맘이 아려도　就算心正刺痛著
아프지 않은 건 너야 괜찮아 보이겠지만
不會痛的是你啊　雖然看起來安然無恙
나는 쉽지 않아 내 맘은 장식이 아냐　但我並不容易　我的心不是裝飾啊

——SHINee（You&I）

「倪允璨。」

女生驀地回頭，川流不息的人潮在眼前恍若迅速的幻燈片，人來人往，或笑或漠然或事不關己的面容，交錯著一晃而過。

像是滑動變焦的手法，似乎有一層厚重的殼將她與世界隔開。她是變動世界裡唯一的靜止。良久，被碰撞、被輕啧、被注目，她都不為所動，像是失了魂魄，直到被輕輕拉扯才回神。

闖入視野是焦急深邃的眼眸，藏著星星點點的擔憂。

「倪大，我找妳好久！時間差不多了，照片都可以了嗎？」

失去焦距的眼費力恢復開朗，她露出帶著玩笑的哀求，可憐兮兮。「我們再待一天好不好？」

「欸？絕對不行，依照倪大的速度，回國又要花一個禮拜調時差，交稿日期火燒眉毛！」

「可是我明信片還沒寫……」

「少一個城市沒關係吧，或是妳現在寫寫，我幫妳跑腿寄，妳趕快回去旅館收行李，不能再晚了啊。」

「不要……拜託……」

明知道書稿有開天窗危機，滿頭大汗的小助理仍然捨不得拒絕她。她走得多麼辛苦，許多人有目共睹。

「唉，妳真的是，難怪妳死命堅持機票要買年票，妳這個人，計畫永遠趕不上變化。」得了便宜還賣乖，除了她真沒別人比她做得淋漓盡致，她得瑟，扔下一句話便鑽進人群裡，

「我聽明唄，啊、還有，所以青旅我就沒有退床位了，未卜先知。」

逃跑得急快，隱約還能聽見「這是預謀」此類的指控。子虛烏有子虛烏有，女生摸摸鼻子，辯駁得格外不真誠。

教堂的鐘聲嗡嗡敲起，沉厚的、平穩的，躁動的心情瞬間平息不少。

吁出一口長氣，一面東張西望，終是閃身躲進旅遊服務中心，悄悄到角落的位置坐下，掏出買好的明信片開始塗寫。

握著筆有好一段時間不知道該從何下筆，甚至在收件者的橫線上遲疑不定。她有千言萬語的想念與遺憾，但是時隔多年，她依然找不到一處適切的地方安放。

只能不斷不斷，寄給自己。

曾幾何時，她變得不像自己，樂觀的倪允璨、溫暖的倪允璨、三分鐘熱度的倪允璨，這些模糊又不定的形容詞不再能準確概括她，她早已不是最初的她。

年少的時光讓傷色侵蝕了大半，有些事想起來便讓人淚流。

眼前的玻璃反射出女生眼光，晃蕩著藍色憂傷。

窸窸窣窣自背包裡摸出一張屬於前一個城市明信片，來不及寄出，只因為一樣在德國境內，並不著急，在這個城市一同丟入郵筒也還是同樣的郵戳。

結構繁複富麗的科隆大教堂帶著詭譎神祕的色彩，在明信片上躍然紙上，眨眨眼，女生緩緩翻至背面，潦草的字跡看起來確實十分倉促，還有幾點暈開後又蒸發乾的液體痕跡，有著撫不平的些微皺折。

她無聲開口。「給十八歲的倪允璨，遇見他、喜歡他，到失去他，妳後悔嗎？……請妳一定要避開時予，離他遠一點，最好不要有任何交集。」

最終，她執起擱置許久的筆，遠景忽然朦朧不清，匆匆收回視線，啪嗒的滴落聲音隱入嘈雜人聲，陌生的語言更襯得單薄的背影柔弱。她抬起左手用力抹了抹臉頰。

「……給十八歲的時予，你一定不知道，往後的日子，我把時光都給了你。」

我很想你。

第一章

Ein Leben-Ein Treffen，一期一會。

慢行的時光是夢境，或回憶，疾馳才是常態。

二〇一〇年，世足剛好結束了。

女生蹲在電器行門口偷著冷氣涼風，思索著待會晚餐的著落，落在螢幕上的視線顯得隨意沒有靈魂，一點對輸贏的結果都沒有興趣的樣子。

她也搞不清到底是直播還是重播，比起螢幕裡跑來跑去吆呼的高大身影，她顯然更在意右前方的男生。

相比她的興致缺缺，他算是聚精會神。

然後，西班牙隊贏了。

她強烈懷疑他支持德國隊，因為她剛剛確實看見他狠狠皺起眉，像個小包子，下一瞬，矯捷困在雙腳間的足球陡然失了控制，一古溜直直往馬路中間滾，男生急急回頭，似乎掙扎要回來撿。

跑到岔路口，男生看見女生滿懷抱起黑乎乎的足球，往反邊去，距離他越來越遠，垮下表情，狠狠跺了腳，不情願往醫院方向邁步。

社區彷彿失序混亂起來，交錯的兩輛救護車成了寧靜午後的插曲，這樁恰好的事故成了街談巷弄幾年內深刻記憶。前一輛救護車擁擠的急救兩個傷患，落後幾個街口的救護車倒是成了空車，嗚笛到了現場，卻偃旗息鼓而歸。

二〇一七年九月。

「……再來頒發全國高中運動項目獎項，本校籃球隊榮獲第三名，本校排球隊榮獲第三名，足球隊榮獲第二名，羽球雙打榮獲第四名……」

女生一隻腳剛跨進圍牆，手忙腳亂壓著被風揚起的裙擺，怔怔聽著遙遙在操場迴響的朝會演講，隨後撇撇嘴。新學期正式開始了啊。

開學日的朝會時間總是耗費至少三十分鐘，完全不考慮學生們頂著烈日忍耐廢話的心情。

她已經故意延遲將近三十分鐘出門，居然還沒結束。

難怪學生自治會老是躍躍欲試挑戰取消朝會的例行。

輕輕咋舌，俐落攀進牆內的雙腿慢吞吞晃著，她在兜裡摸索一會兒，掏出一根熱帶水果口味的棒棒糖，三兩下拆開包裝紙，隨意扔進嘴裡含著。

瀟脫的動作像極了她的青梅竹馬。

估計是也想到此，不滿的蹙了眉，明亮清澈的雙眼反射出灼然的不服氣。

「連分班都跟他分到一個班……要不要那麼衰……」

縱身一躍，穩當落在剛灑過水的草地，留下淺淺痕跡。「煩。」盯著沾上泥土的皮鞋側緣。

她錯過了斜斜躺在幾尺外木椅上的身影，男生因為動靜起身。直到腳步接近，感受一道打量目光，她不經意回眸。

「我靠……」纖瘦的肩膀大大一抖。

陽光參差不齊切下，點在他的髮梢，他的眸光深邃，像是沉浸一池攪不動的深潭，卻帶著惺忪的懶意，有點冷淡，有點憨。

她努努嘴，偷偷切一聲，「跟雕像沒兩樣。」不管男生僵硬了臉色，逕自貓著躲開。

雖然性子叛逆，但是，依然是做著不會被教官抓包的自信心理，躡手躡腳繞過行政樓，迅速拐彎往二年級那幢灰色建築奔馳。

她向來臉盲，任誰的臉龐見過一次都是過眼即忘。

回到教室座位上，興致高昂要分享翻牆的遭遇，好朋友卻是更在意明目張膽偷閒的男生。

她撓撓頭，「就長得……沒戴眼鏡、然後眼睛嘴巴……」

「……真是詳盡的形容哦。」

「謝謝。」她露出憨厚的笑，抓起桌上的梳子整理一頭亂毛。

好朋友顏汐嘟囔，「我不喜歡跟別人共用梳子。」

「我不是別人呀。」

「呵呵，不要，那個妳留著自己用。」

女生左支右絀接過前桌遞來的作業，飄逸的姓名在封面顯得異常斗大，美感與整體和諧感的知覺讓人懷疑。

——倪允璨。

倪允璨睇起眼睛，唇邊的弧度分外張揚，還有令人不忍直視的臭美。「承認妳是幫我準備的唄，我上次見妳用不是這支。」

「……」

顏汐扭開頭，垂落的睫毛扇下一線羞惱。她不是能坦率對人體貼有好的個性，第一天認識倪允璨便知道。

但就是特別喜歡撩她。

學校班級的和平底下不可避免會醞釀幾個小團體，彼此間相敬如賓。倪允璨與顏汐能稱上是異類，是男生女生想拉攏靠近卻躊躇的對象。一個古靈精怪到會無法招架，一個貌美到會望之卻步，認真說，倪允璨的人緣和親近度勝過些許，畢竟班花級別的人物總是惹人嫉妒。

「想去販賣部買巧克力牛奶……」

看重身材的顏汐視甜食為大忌，她的嘴角下沉幾度，冷嘲，「妳不是剛吃完一份腸粉和薯餅？」

「嗚嗚沒吃飽啊我。」

「摸一下腰，不會找不到了吧？」

「……還在，謝謝惦記。」面對顏汐的毒舌，倪允璨打從一開始便刀槍不入，誰讓她青梅竹馬的官配等級更高，她見識過一次就難忘。

她習慣了。這世界冷漠得沒有愛了。

攻擊力滿點的說話不是普通人能承受，許多人背後抱怨顏汐恃寵而驕，或醜化她的完美主義，埋怨她苛刻極端，相較倪允璨的惡作劇，她開朗又沒心沒肺的笑容經常被稱揚真誠，不做作。

兩個人玩在一起，澈底忽視外在的閒言閒語，也不覺得勢單力薄，依然逃不開一個是女神，一個是女神經的形象。眼角的淚痣與分外狡黠的虎牙已經成為倪允璨的標誌。

「聽說妳家青梅竹馬朝會前當眾拒絕一個學妹。」

手一頓，倪允璨不以為意，「哎，憐香惜玉呀憐香惜玉，果然是憑實力單身的，以後怎麼交女朋友呢？」

「那樣會變成中央空調。」

「也是，不過，是不是被夏陽潛移默化了！拒絕起來快狠準，我也該去學個幾招。」

頓時無語，顏汐不能明白倪允璨哪裡長出這麼茂盛的自信。「妳應該是用不到。」

預料中的反駁，倪允璨不以為忤，一樣嬉皮笑臉，拿開啃完的棒棒糖，剩下筆直的白色紙桿，仰首灌水漱口前開口：「我靠妳鹹魚翻身唄。」

立刻被顏汐一把推開。

預備鐘聲敲起，走廊及周遭的喧鬧及和腳步聲並沒有歇停，學生反而越發浮動，因為意識到時間的倉促壓迫。

抬眼的動作，夏辰閔修長的身影從前門走進，穿過熟悉的同學，疏淡的眉眼溫和，卻又是另一種的禮貌疏遠。

見過夏辰閔與夏陽相處的人，絕對都會撂下一句髒話，他媽的太騙，判若兩人，甜到發泡，讓人不想歪都難。

兩個女生先後都注意到，顏汐幸災樂禍，「說曹操曹操到，真的，我覺得妳沒選文科是妳自己的問題。」話落，事不關己地回身，開始預習隔天進度的國文注釋。

這一槍補得比先前任何一句話都嚴重，倪允璨抱著頭無聲哀號，無比後悔，她不是腦抽了是什麼！

明明知道夏辰閔那傢伙理科優秀得讓人髮指，還非常找虐的一樣填理科，然而，她也解釋不清原因，永遠是越描越黑。

根本沒人相信她是抱著選理科班可以依靠師資救起她慘不忍睹的數學和物理成績。

這樣逆向的突發奇想挺符合她的思考風格，但是，基於一顆滋潤的八卦心，大多數人傾向支持青梅竹馬戀情的選項。

「你幹什麼也選理科！」惡聲惡氣的先發制人，完全是惡人先告狀。

夏辰閔眼底浮出啼笑皆非的笑意，沒搭理她，順勢往她旁邊的空位坐下，不外乎引起一陣起鬨與噓聲，倪允璨雙頰起湧起燥熱，真想動粗。

「夏辰閔我跟你說話。」

「我選理科是理所當然，妳選理科才是驚世駭俗，用得著問？」

倪允璨一噎，這人直白得夠嗆，半點也不肯吃虧。

她吸一口氣，曉之以理，「不是，你想，夏陽那個萬年第一選了理科，為了出人頭地，你不是改該選文科嗎？」

「我就算在文科班，也混不到第一。」看見她懊惱的神情，知道她明白自己的失策，夏辰閔勾唇，「而且就是夏陽讓我選的理科。」

夏辰閔的國文確實差得老師想剖開他的腦問候一下。

經過的班長悠悠飄來一句話。「一大早就被夏夏CP塞好大一把狗糧。」

挑了眉，不置可否，夏辰閔正想趴下補眠，倪允璨抓緊時機，硬是要損幾句，「你這麼男女通吃你媽知道嗎？」

「妳為了不參加朝會沿街瞎晃妳媽知道嗎？」

……倪允璨咬咬牙，青梅竹馬最糟糕的不是老是需要因為被誤會而解釋，而是，他比誰都要了解自己懶惰討巧的個性。

行為預測的準確率她不忍直視。

她踹了他桌腳，擰眉出氣，「待會座位抽籤你最好滾遠一點。」

「啊，倪允璨，忘了告訴妳。」顏汐涼涼開口，好聽的嗓音卻盛滿幸災樂禍的意味。「我明天社團要集合，不能陪妳去九樓試聽。」

聞言，倪允璨垮了明媚的笑容，濕漉漉的清亮眼眸籠上絕望的死灰，她確實表現誇張了，但是，於她，獨自上補習班真的是讓人生無可戀的事。

「別看我，我討厭補習班這三個字。」

「……夏辰閔講什麼廢話，誰喜歡啦。」

他聳了肩，事不關己地偏開頭，似乎怕自己心軟，指間不停轉著藍筆洩漏一股難言的焦躁，他抿了唇。

「不管啊，你明天如果沒有要去叔叔那裡就陪我去。」有求於人她便眨眨眼，輕輕軟軟推了他的臂膀，弄得夏辰閔失笑。

她沒有變，一樣能屈能伸。

他提醒，「有人剛剛才讓我有多遠滾多遠。」

「此一時，彼一時，我們要能變通，不能迂腐。」

揪起她外套的衣袖，緩緩拎到旁邊，然後扔開，夏辰閔徐徐搖頭，帶著刻意的惡趣味。

有幸聽了全程的鄰座同學，悄悄插話替夏辰閔辯解，「他校隊要練習吧。」

即便如此，倪允璨也只是停歇一秒。「你太沒有人情味了！」

「親師座談會妳爸媽會來嗎？」

甩了甩燙手山芋似的通知單，一面被風吹得嘩啦啦作響，新發下的紙已經多上數不清的皺褶。

顏汐正端詳自己的指甲，漫不經心道：「應該不會到，我爸很忙，我媽不愛在大熱天出門。」

「欸——」

「也不是什麼重要的事，我們都選好組了，最多是要說些像，父母是孩子的後盾什麼的，或高三近在眼前，父母要一起督促孩子之類。」她滿不在乎聳了肩。

倪允璨長長哀嚎一聲，軟軟倒在桌面，「我以為清陽的作法是，剩下珍貴的一年了，能參與活動的儘量參與，高三就不能鬆懈。」

顏汐憐憫摸摸她的頭。「那是檯面下的作風。」

就像官方說法和民間說法、就像正史和稗官野史。

「……妳覺得我媽那個家庭主婦不參加親師座談的機率多大？」深吸一口氣，她哪是會輕易妥協放棄的人，垂死也要掙扎。

即便多半是作作幻想。

「趨近零。」

「夏辰閔我沒問你。」話雖如此，心底希望的火苗已經奄奄一息，她的語氣又低了幾度。

青梅竹馬的特徵之一，對方的爸媽也瞭若指掌。

倪允璨拚命想控訴這是思想滲透，喊了五六年終於哀莫大於心死，對於做事三分鐘熱度的她，算是一樁豐功偉業。

被搶白了也不在意，夏辰閔聳了肩，手抄著小白板上的聯絡簿細項，嘴裡不忘打擊。「我記得去年阿姨跟班導聊到警衛開始巡視的時間還沒結束。」

「……別吵，顯擺你記憶力好。」扯著髮尾不肯放過，她覺得心累，累到不能再愛。作不到自己安安靜靜崩潰，偏要拉著人一起毀滅，手肘去撞撞夏辰閔，力道約莫是一條突兀的直線貫穿一欄空格。

他的肚子裡習慣給她撐起好幾艘船。盯著倪允璨，一面微笑，一面在腦海中演示飛踢她的暢快報復，夏辰閔熟能生巧。

她合掌道歉，一點都沒有誠意。「失手，我深感抱歉哎。」

睨她一眼，猶豫片刻，仍然容忍她兀自歪正腦袋、雙手撐起下巴發呆的動作。跟顏汐借一張鵝黃色便利貼，夏辰閔抄寫第二份的聯絡簿項目。

最後一堂課是表定的班會時間，但是，教務會議的延宕拖累導師們回到班級處理班務的例行，等不到導師主持，同學們自然脫韁野馬似的，打手遊的打手遊、守籃球直播的追直播，有些喧嘩成一片。

瞅著顏汐慢悠悠戴上耳機，倪允璨原本水亮的眼眸變得分外濕漉漉，可憐兮兮的小模樣。

顏汐不為所動。「昨天回歸舞台的影片上中字了。」倒是解釋得義正嚴詞。

知道爭不過稱職的迷妹，倪允璨只能拽著青梅竹馬解悶。

「夏辰閔你媽來嗎？唔、講起阿姨，我口水就開始分泌。」

「……妳怎麼能那麼猥瑣？」

「你才猥瑣，我是想吃阿姨做的舒芙蕾。」

不過是一個隨意的回眸，恰好望進他深邃如海的眼眸，暈染出一片寵溺，倪允璨落得一瞬的怔愣，忽地笑逐顏開。

狡黠的星光點點灑進她的眼底，聲音滲出滿滿笑意，「夏辰閔你螞蟻我知道，不是阿姨做得不甜。」

她很輕易被其他話題帶走。

前一個問題忘了被深究，他揉揉眼睛，害怕在她的笑眼裡看出一絲不在意。也許，他其實再明白不過。

有一種很溫柔的關心實際是風輕雲淡的順便，或不失禮節的過場。聽見「我過得不好」，不會感到心疼；聽見「我沒事」，不會不折不撓的噓寒問暖；聽見「還好」，會順勢走入其他趣事。

時光一晃，他們都不再是彼此記憶中的男孩女孩。

歲月的輾轉注定會刷淡些許什麼，卻也留下各自的堅持，重逢後的相處乍看一如既往，只有倪允璨和夏辰閔自己知道。

很多很多，停留在十三歲的他們。

他終究是收回情深難辨的目光，任由被掐斷的關懷落空，隨手將抄錄好的便利貼往她額頭用力一拍，倪允璨嗷嗷兩聲。

分明沒有疼痛，硬是喊得令人產生罪惡感。老是被顏汐說沒心沒肺確實沒有說錯。

「好吵，聯絡簿自己收好。」

但是，得寸進尺都不夠形容倪允璨。她癟了嘴，「哎，你要幫我抄就直接跟我拿我的筆記本呀，這樣黏上去好醜呀。」

「……滾吧妳。」

說是長大，夏辰閔總是沒有在倪允璨身上清楚看見一點成熟。鬼遮眼的時候吧。

班長在倒數放學鐘聲響起前在教室宣布班導的指令，用力拍了手集中大家的注意力。「老師說等一下可以直接放學，其他還沒選的幹部明天數學課會解決，啊，然後，英文小老師到一班找英文老師。」

「為什麼——」

「璨燦，節哀，誰讓妳是英文小老師。」

「嗯，誰讓妳英文好，簡直是我們理組的叛徒。」

幾個一年級同班過的同學們說著風涼話，笑鬧在一起沒有男女分界。

勾肩搭背的動作沉進夏辰閔的黝黑的眼底，抿了唇，最終沒有作聲，頎長的身形卻是倏然起身，木頭椅子碰撞了後座的書桌，聞聲，她望了過來。

「你要走了？」

他指了天花板角落的廣播器。「放學。」

「切，走吧走吧，我要去一班找虐了。」揮別是預期內的灑脫，擺擺手，她回頭沒有黯淡唇邊的笑容。

心灰意冷的語句自她嘴中出來，總有一股難言的溫暖朝氣。

他沒有等她，走在她先前，什麼時候他也有這樣幼稚的較勁。

但是，無論如何壓抑情緒，無論如何追逐，仍舊快不過時光的兜轉，被狠狠甩在身後。

討厭的事情，倪允璨的拖延症會犯得更加轟轟烈烈。

比如，一分鐘內能走到的距離被她走成五分鐘。

語文資優的一班教室內傳出稀稀疏疏的人聲，仔細聽，話題挺兩極的，討論著校隊活動的，以及爭執著試卷答案的。

撓撓頭，站在前門門口踟躕，將校規從頭到尾思考一輪，沒有任何關於禁止進入非隸屬班級，倪允璨眨了下迷茫的眼，深怕是約定俗成的不成文規定。

升上高二，看來是白長了年紀，膽子反而小了。

「那個，同學。」

怯弱的聲音帶著少有的矜持，男生卻是置若罔聞，謄寫著英文單字到橫線筆記本，乾淨的頁面與工整有力的筆跡讓人禁不住多瞄幾眼。

顏色很單一，因為謹慎的畫線分隔，不顯得凌亂擁擠。

不愧是文組男生，她讚嘆著，一面忙著責備自己刻板印象，她罕見符合理組學生印象的約莫是龍飛鳳舞的字。

她也不是寫不好字，就是懶。

清清喉嚨，倪允璨裝著正經，遮掩不去本質的調皮與歡快。「那個，窗邊的同學。」指涉性這麼高，不能再裝模作樣了吧。

斂下的長長眼睫微揚，像是輕風拂過一地蒲公英的清爽畫面，男生緩緩抬頭，削薄的深褐色頭髮十分俐落，黑漆漆的眸光降在她的面容，明明是深刻的注視，只留下輕輕淺淺的情緒。

像是詫異，像是探究，最多還是困惑，因為她叫住了他。

可是，她有點不懂他在看什麼。儘管他的視線沒有讓她感到不舒服。

就是覺得這個人淡漠。

「什麼事？」

「哦……我可以直接進你們班嗎？」揪了揪髮尾，倪允璨露出尷尬的表情，手指講台前的老師。「你們老師找我。」

「妳可以直接進來。」他揚了單邊眉毛。

傍晚的陽光仍有些燒灼，鋪在倪允璨的背上，也有數不清幾道固執打在他的眉眼，與他突然的溫和和輕笑模糊成一片。

漠然與親切，沉默與淺笑，反差的萌感撩得倪允璨莫名怦然。

澈底丟失她往常的活潑，侷促拘謹。「啊，哦……好，謝謝。」

倪允璨妳振作呀，拿出從面對夏辰閔的霸氣。輕聲邁進教室，正當經過男生的座位，沒克制住自己突發的傻氣，拍了腦袋，哽著懊惱的碎念。

「喂。」

最爛的開場白，此時此刻聽來，意外驚心動魄。

為了找回場子，倪允璨打算指責他沒有禮貌，瞥見他泛紅的耳根子，原來要虛張聲勢的不只有她。

倒是先噗哧一笑。「幹麼？」

「妳……是幾班的？」

遲疑這麼久，就問了班級？

一時間沒想出為難他的辦法，倪允璨瞇著眼睛笑，將漫在身後的天色襯得黯淡失色。

「六班，二年六班。」

倪允璨聽見敲門聲，媽媽捧著一碗水果進來，她探頭望，是正值產季的愛文芒果。

放學抵達家中，媽媽拿手的黑咖哩料理已經擺正在餐桌中央，躡手躡腳要逃回房間，立刻被逮住，認命稍作梳洗，滾去廚房幫忙盛飯與善後。

平時最愛纏著媽媽撒嬌，秀秀智商下限，鄰近新學期開始的日子卻是躲得比誰都快，出門像丟掉，在家像社交恐懼症，不出房門。

她只期待降低她的存在感，媽媽不會想起她必須去補習班試聽。

沒料，媽媽開門見山，直奔主題。「我下午去買麵包的時候，跟辰閔媽媽聊一下，他嬸嬸最近生病住院，叔叔店裡忙不過來，他會去幫忙，所以明天試聽妳就勇敢自己去。」

「……媽，梁靜茹沒給我勇氣。」

「我又不是沒有生膽子給妳。」

「可是我膽子小啊——」謊話說起來挺溜的。

媽媽自然不動如山，似乎橫越了高中一年級，學測便近在咫尺，不能再縱容她得過且過。

伸手點點被擱置在角落的傳單，媽媽抬高下巴，「多早之前就給妳看過介紹，這是我跟妳爸商量過的，妳找他搬救兵也沒用。」

倪允璨神情懨懨，原來是沆瀣一氣了，她的地位呢！

「妳爸在公司到處幫妳蒐集資訊很辛苦，我也聽鄰居之類說了一些，反正呢，九樓妳先去聽聽，六樓和七樓可以再看看。」

「我們家鄰居不就夏辰閔嗎……」

「人家辰閔成績好，用得著補習？妳要是肯努力一點，我需要壓著妳補習嗎！省下來我可以去買相機。」

自從參與社區大學的攝影課程，經常週末放生父女倆，跟著團隊出去外拍，許多影展也分外熱衷。

敢情女兒的前途沒有一台相機貴重。

說到這種話上，倪允璨八成沒資格翻盤，哭喪著臉，「要是那老師太醜把我醜哭怎麼辦……」

大道理扯不過，劍走偏鋒，她只好拚歪理。

「倪允璨，一二三，要麼去，要麼沒收零用錢。」

她眨眨眼，「三是什麼？」

「去，然後再扣零用錢。」

「媽妳土匪呀。」

一場沒有勝算的爭終於落幕。

仰面倒在懶人骨頭上，輕輕闔著雙眼，白熾的日光燈依舊毫無阻礙傾瀉，打在微顫的眼皮，再用力一些，她刻意不去睜眼，甚至不起身按下熄燈的開關。彷彿僵持的拉鋸。

和諧安靜的關係底下曾經波濤洶湧。至今，帶著一朝被蛇咬的心慌，多怕悉心呵護的家會分崩離析。

因此倪允璨總是學不會展露脆弱與不安。沒有人告訴她哭與笑是真實而不用忍耐的情緒，她總是擔憂造成困擾。

她讓自己活得任性又沒心沒肺，好似所有焦慮及沉重都能在笑容裡灰飛煙滅，純淨的眼眸沒有絲毫現實的塵埃。

如果不是十歲的車禍，爸爸媽媽絕對已經簽下離婚，各自分散。有些記憶過於灰暗晦澀，不管何時回想都會蔓延開無邊無際的傷感與酸意。

右手摩娑過額頭不平整的肌膚，淺淡的傷痕並不是非常醒目，每當觸及才會接著回憶，複習一次當時的兵荒馬亂。肩胛骨、左腳膝蓋處的內韌帶，還有，大大小小的擦傷。

她記得夏辰閔哭得比她還慘。

所有人都以為她因為麻藥還沒清醒，靜靜聽著他們說話，倪允璨感覺憋不住打轉的熱燙淚水，生理的疼痛比起胸口窒息的悶感要輕。頭很暈，拉著她的手，涼涼的、柔軟的，與她差不多大小的手掌。

是夏辰閔啊。

她的父母不顧場合爭執著，唯有這個一起長大的男生守著她。

「妳永遠只用自己的想法決定，換工作是、搬家是，連照顧爸媽都是！現在連璨璨的事情妳都聽不進去別人……」

「我是為了誰——你……」

「為了我好、為了璨璨好、為了這個家……妳哪次不是這樣說？但是妳問過我們嗎？」

媽媽頓時語塞，含混著藥水味道的空間陷入低迷難熬的沉默。媽媽的脾氣讓爸爸壓抑，儘管如此，在倪允璨的童年記憶裡，爸爸沒有一次對媽媽怒吼。

真實的涼薄她不能承受，沒忍住，回應握住夏辰閔的手指。

那是倪允璨在他眼前難得的軟弱。

陽光雖然令人無端煩躁，當清晨的光線灑進，倪允璨不得不爬起床。

迷迷糊糊順著人潮擠上公車，一個月總會有幾天非常偷懶，不到十分鐘車程，寧可忍受沙丁魚罐頭。

「再往裡面站一點！」

「同學不要擋在門口，往裡面移動。」

沒吭聲，狠狠擰緊眉，走走停停的路況晃得她暈眩，肚子悶痛的難受程度增加幾分，她抱著鐵桿子支撐，另一隻拽住拉環的手指甲嵌進橡膠材料中。

隔壁體型壯碩的男生擠了過來，一股流汗的酸味竄上來，倪允璨趕緊撇開頭，眼角眨出一點委屈的淚花。

腦袋疼得像是要炸開，一抽一抽的，分不清是生理期的影響，或是車子裡難聞的氣味薰得作嘔，不時的急煞也讓她有按下車鈴的衝動。

又一次的緊急剎車。

氣急，倪允璨惡狠狠咬牙，用盡力氣轉頭，視線越過萬頭鑽動，去看駕駛人的名字，率先映入視界的卻是一張熟悉的臉。像是在哪見過。

她不知道自己看起來狀況很糟。

柔順的頭髮凌亂，白制服蹭著支柱都起了皺褶，微抿的唇沒有血色，眼眸也灰撲撲一片，情緒不好，臉色不用說是十分難看。

「妳還好嗎……」

猶豫的聲線沒有陌生的冷硬，車子驀地啟程，一陣混亂，男生連忙扶住她的臂膀，目光降下來，發現她身子不高，也比同年紀的女生要纖瘦。

不是會讓人驚心的骨瘦，卻有讓人想要保護的脆弱。

正巧前一站一個老婆婆下車，男生左側的座位空了出來，他稍微挪動，隔開她與其他人群，輕輕拉著她坐下。倪允璨嘴硬慣了，眾目共睹的，抬不起頭，彆扭的想起身。

男生清涼如水的嗓音拂過，「別逞強。」隱隱藏著焦急的語氣落進耳裡，她如鼓的心跳聲，除了羞惱，還有感動。

緩緩靜下，平息堵在心口的焦躁，倪允璨捏捏手指，試圖不著痕跡側頭偷覷，校隊的外套遮住一樣的白襯衫，因此沒有窺視到繡在極近左胸口的名字，呼吸時輕時重，靠得很近，不可避免文到來自他的薄荷清香。

她這時才想起要問名字。

「妳是暈車？」壓低了聲，沉穩好聽。夾帶著惺忪睡意的沙啞。

「哦……可能，有點吧。」

「下車用走的？」直視他眼光裡的真誠，與眉眼的疏離截然不同。

她瞇起眼睛，懷疑是光線讓一切顯得失真。虛弱的聲音像呢喃，「應該不用，也只剩一站。」

他的手仍停在她的右臂。

公車內的空調有開像是沒開，從開啟的門灌進的風都要舒爽，興許是身體不適，先前她沒有感到燥熱，捂著肚子甚至期待拿到暖暖包。

此刻，盯著他忘了收回的手，持續相觸的面積燒起不容忽視的溫度，他不時的聲息極輕，必須湊得近才能聽見，倪允璨感覺抵擋不住電流的竄動，被他觸摸的衣袖，落在臂上的力道，自此蔓延。

腦子根本成糨糊，沒能理解他到底問了什麼，懵懵像個傻子。

直到公車進站，停在學校對街，所有人爭先恐後下車，逃離熱氣。

咬了下唇，她平時真的沒有這麼矯情。「你要是趕時間……」

「我也是清陽的。」

「……啊？」

「我們的遲到時間應該一樣。」話是如此，她華麗麗噎了。男生墨黑的眸子平淡無波，話語中沒有缺少耐性，「六班的？我陪妳走回教室。」

你怎麼知道我是六班……呼之欲出的困惑嚥入喉嚨，前方傳來司機粗聲的催促，他淡淡瞥眼，扶著倪允璨仍然慢慢動作。

完全被牽著鼻子走，風一吹，暈呼呼的腦子有點清醒。

倪允璨另一隻手緊急抓住他，盯著交叉的雙手，尷尬呀。吞了口水，她小聲道：「我要買早餐。恩人，我也請你吃吧。」

「豔遇這麼多次，妳沒有一瞬間想起來要問名字？」

擠了擠鋁箔包，吸光最後一口牛奶，倪允璨委屈。「吱，三次都這麼狼狽，逃開都來不及了，我又不是傻還問名字，跟著套路的話，不就是要自我介紹？我巴不得他忘記。」

她的運氣是絕了。

開學日遲到爬牆被目睹、杵在別班門口犯傻，以及，大姨媽報到的慘澹模樣。倪允璨承認，她偶爾就是作，想維持美好形象。

「依照妳臉部失認的嚴重度，知道名字也沒什麼用處。」

她大力點頭，似乎如此能彌補一點缺憾。顏汐翻著校版，不忘打擊，甜美的嗓音倒像是罌粟。

「可是如果妳有告訴他妳的名字，至少他能認出妳。」

「……我只想被恩人記得。」努努嘴，費勁回憶仍徒然，她自暴自棄，「前面兩個都可以成為我的黑歷史了。」

「這樣就進黑歷史？那妳的歷史有五千了吧。」

這攻擊是開外掛了。

倪允璨將臉埋進臂彎，鬧鬧脾氣，但是，低估周公的吸引力，不到上課鐘聲敲響，睡得天昏地暗。

面對夏辰閔無聲的眼神探詢，聳了肩，顏汐沒有多作解釋，雖然慢進教室錯過話題，沒有重要到需要復述。

讀出顏汐眼裡的無謂，那麼，估計她只是常態性任性。

張皓宸的《謝謝自己夠勇敢》散文集中說過：「時間最會騙人，但也讓你明白，這個世界沒有什麼是不能失去的，留下的盡力珍惜，得不到的都不重要。」然而，世界那麼大，孤獨的時候覺得它無邊無際廣闊，思念的時候覺得它狹窄得不可思議，眾聲喧嘩彷彿近在耳邊，獨獨沒有你的影子。

世界那麼大，總會有一個人你用一輩子青春去記得，卻在往後餘生痛哭失聲，祈求可以淡忘一些。

……時予，能不能讓我忘記你。

茲茲、茲茲。

迷茫飄遠的注意被突來的震盪敲醒。訊息輸入的聲響伴隨顛簸在木質桌面的悶聲，在一片靜默的教室內格外突兀。

同學們幸災樂禍的視線刷地迎面過來，以及班導師不懷好意的打量。

慌忙低下頭，忍耐竄上臉頰的熱燙，倪允璨迅速將扔在凌亂桌面角落的手機推進抽屜，撞出沉重的聲音。

前桌的顏汐溢出善意的嘲笑。她抬頭看過去，鼓起腮幫子，浮著水光的眼眸是貪睡的痕跡，委屈又含怨的目光對上朋友的笑意。

想起罪魁禍首，不過是一眼的瞥見，倪允璨將刷入的訊息歸入垃圾簡訊，時予是誰啊！

這世代還有哪個傻子會傳簡訊！

根本浪費錢。現在的廣告是不是越來越沒有素質了！低著頭嘟囔著，不滿自己因為一封寄錯的信息遭到恥笑。

感受到另一道熟悉的熱烈目光，倪允璨凶神惡煞抬眼，氣勢不能輸。「幹麼？」

「沒，欣賞傻子。」

「……夏辰閔你找打嗎！」

他笑咪咪，讓人有一剎的晃眼，他偶爾會笑得像現在這樣，玩世不恭。

兩年不見，免疫力有點缺乏，倪允璨撇撇嘴。

「沒看過妳這種挖坑給自己跳的。」

要是還沒聽出夏辰閔話中有話，有負青梅竹馬的頭銜。她眨了一下眼睛，籠著霧氣還沒退掉，有點憨。

順著夏辰閔手指的方向望去，掠過顏汐愛莫能助的眼光，直直定格在黑板中央的字，力透紙背的俐落。

圖書股長，倪允璨。

她一臉懵逼，像是失去靈魂的玩偶。

「老師都不知道允璨這麼積極主動，老師很欣慰，大家都裹足不前的時候，允璨是唯一一個發出聲音的，老師四目相交，這麼當仁不讓的行為，大家應該學習。」

……我去，老師您不只笑裡藏刀，身為優秀的數學老師，一口氣飆出這麼多成語是合理的嗎！

話落，哄堂大笑，這種表揚諷刺性太高，倪允璨有些扛不住。

後座唯恐天下不亂的男同學高喊：「是的，老師，我們會跟倪允璨好好看齊的！」

鼓著腮幫子，她經得起玩笑，可是，不代表她要接受不見好就收的嘘聲。倪允璨從來不是忍氣吞聲的性子，正要扭頭回嘴，清冷嗓音不帶暖意的截斷她的思緒。

倪允慘盯著夏辰閔骨節分明的手，轉著藍筆。

想法忍不住發散，替他緊張，這種筆多容易斷水呀……

「既然要效法，衛生股長你毛遂自薦吧。」

任誰都能聽得仔細，夏辰閔將「效法」兩個字咬狠了。

風靡學校的夏夏ＣＰ默契之一是兩人都出名的置身事外。

誰也不護，誰也不會讓他們心軟半分，男神冷漠依然擁有近乎可以組織軍隊的腦殘粉絲。

腦粉喜歡男神冷酷無情，可沒有愛屋及烏到樂見男神談戀愛。

倪允璨頓時感到冷颼颼，快被戳成刺蝟。真想回到幾秒鐘前，她絕對緊急叫夏辰閔閉嘴。

幸好，班導師趕著結束班務，從善如流寫下那個男生的名字。不帶誠意過問同學們意見，沒有人舉手反對，這件事插曲似的便揭過。

♥

讓倪允璨睡掉的時間正好是新學期的幹部汰選過程。

昨天和朋友互相陷害，暫時沒坑掉自己，逃過班長的職位，方才卻成為很好的理由，班導師直截了當指派圖書股長的職位給她。

悔得想撞豆腐，就該跟顏汐他們玩九宮格，避開無妄之災。

站在高大的鐵書架面前，面對浩瀚書海，憑著她海綿模樣的腦袋瓜，哪能挑出一本深澳、但是幽默，並且可已經世濟民的一本優良讀物。

第一個工作就如此艱巨，根本就是系統bug。

晃過一排又一排的書架，漫無目的，步伐十分拖沓，她伸頭張望，沒有在自習區找到半個認識的熟面孔，垮著肩膀與表情。

運轉在天花板的風扇一呀一呀，含混著學生們輕淺的呼吸以及書頁翻動的聲音，微弱的風攪不動這空間裡緩慢形成的平衡。

踢踢腳尖，晃到下一排，她隨手抽出一本黑白書皮的作品，單純被簡單的設計與色調吸引，但是，輕巧而灑脫的動作不是終結，一疊紙卡啪沙摔到地面上。

驀地低頭，七分驚慌三分疑惑的視線跟著移動。

唇瓣傾洩出簡短的氣音。「什麼啊……」彎身，修長骨感的手指觸上明信卡片樣貌的紙。

好好收攏拾起，不是耐不住好奇心，不過是下意識的自然舉止，微扭動手腕施力，翻到手繪風景畫面的背面，寥寥幾筆的熟悉字跡，她怔愣。半晌，思緒像是打了死結，吞了吞口水，閉上眼睛又重新睜開。

是現實。

她又掐了自己一把，痛，不是作夢。

給七歲的倪允璨：

班際的跳繩比賽一定要好好練習！

能不能得名不是重點，用力蹭高才是最終目的，沒有長到一百六十公分饒不了妳，刑警夢全靠妳了！

給十歲的倪允璨：

離婚的意思：互為配偶的雙方生存期間，透過法律手段解除婚姻關係的方式。

不要忙著哭，站出來說一句話吧。別走、不要離婚，就算是一個字的髒話也好（妳這時候會罵髒話嗎？），不要讓分開順理成章。

……克制不住睜大的眼盛滿不可置信，捏住紙張的指尖有些脫力，微顫。

似是而非的境遇竟然如結實的重石硬生生砸在她身上。

荒謬得讓人不及細想，倪允璨顫動的目光繼續下移，很快地翻到下一張，再下一張。

十二歲的倪允璨：

領市長獎畢業一點都不值得炫耀，青春不能結束在這裡，去拿青梅竹馬的二顆鈕扣（妳這時候還喜歡他嗎？）喜歡就收藏著，不喜歡就高價出售，總能抵一個星期的巧克力牛奶。

要是他不給，讓他知道柔道不是白練的。

眼前霎時模糊了，惶惶不安，死死盯著攥在指尖的紙，用著像是要看出一個窟窿的力道，心跳失序得很。這是她的字跡！化成灰她也不會錯認自己的字跡！

可是，她不記得自己有寫過這樣的回顧，她也沒有學過柔道，還有，這種維基百科來的離婚定義。

她不會反覆複習生命中的遺憾缺恨，她不能著眼悲傷的回憶卻忘了人生路漫漫。這樣的事情，不是她會做的。

最重要的是，她的父母並沒有真正走到離婚這一步。

頭疼，到底誰寫了這些給她的明信片藏在圖書館架上？

有著與她如出一轍的筆跡、瞭若指掌關於她的過去。

倪允璨咬了咬下唇，心底有些發涼，禁不住毛骨悚然，屏著呼吸矮下身子，長長呼吸許多次，終於有鼓起勇氣看最後兩張。

視線一點一點下挪，彷彿被放緩的錄影帶，營造一股傷感詭譎。

給十七歲的倪允璨：

「去見妳想見的人吧。

趁陽光正好，趁微風不躁，趁繁花還未開至荼蘼，趁現在還年輕，還可以走很長很長的路，還能訴說很深很深的思念，趁世界還不那麼擁擠，趁飛機還沒有起飛，趁現在自己的雙手還能擁抱彼此，趁我們還有呼吸。」

——幾米。

只引錄了一段話，左翻右找，並沒有發現其他多餘的字眼。於是，作罷。卻是越讀越動心駭目，明明是寂靜的空間，她空出手壓住單邊耳朵，像是要隔絕什麼喧囂。耳畔嗡嗡作響，交雜著無數音訊，奮力要擺脫，反而激起眩然。倪允璨瞇起眼睛。

給十八歲的倪允璨：

遇見他、喜歡他，到失去他，妳後悔嗎？

思考有瞬間的斷層，怔愣過後，迅速翻出外套口袋裡的手機查看日期。眨眨眼睛，她掰了掰手指計算年齡，折下食指，指甲與掌心的觸點形成一個痛點，忽然醒悟什麼……十八歲！十八歲的她應該是明年的事情！

「預知未來的信？」

嘴上如此發出不可置信的疑惑，天馬行空的臆測仍是薄弱到不行的力道，確實荒唐。就算她立志偏愛文學，不代表她不信奉當今的科學，時空錯置太匪夷所思。

無數懷疑與線索都指向一個人，皺著眉，表情不好看，除了青梅竹馬，倪允璨想不出有誰如此深度參與她的過去。

每個細微末節都有他的身影。可是，與現實對不上的那些敘述該如何解釋她沒有答案。

敲敲太陽穴，試圖逃脫腦袋一片渾沌，倪允璨用力抬頭，卻引起短暫貧血暈眩。踉蹌了步伐，後腳堪堪踩穩，手臂順勢扶住身側的書架，然而，後排書架上的藏書不滿一半，不夠重量支持她重力加速度的力氣。

搖搖晃晃幾瞬，在倪允璨沒有回過神的時距差，巨大的鐵書架倒向最後一排典藏架，衝撞出響亮沉頓的聲音，書籍一地狼藉。

突如其來的紛擾驚動另一側的男生。

倪允璨暗自慶幸午休時間不會有太多人在圖書館，不算滿分的丟臉，一口氣沒來得及吐出去，書架夾縫間竄出一個蹲低了的身影，定睛一看，她恨不得挖個洞把自己給埋了，簡直禍害世界。

撞倒書架不打緊，居然差點活埋一名儒生。

「呃、那個，我……」

「我的天！時予，你沒事吧？」

沒好氣地冷聲道：「看起來像沒事嗎？」站直頎長秀挺的身版，骨節分明的手指拂過皺褶的衣角，還能看見手背突起的青筋。

微微低下的頭，削薄的深色瀏海遮住他的眼眸，他的嗓音清冷好聽，有幾分任性直拗，斂下的下顎乾淨幹練，高傲得瞥也不瞥她一眼。

只是，那個聲音怎麼不是普通的耳熟。

倪允璨顧不及打量，聽見他的名字，莫名熟悉，愣了。

……時予？

驚慌失措的目光恍恍浮動，掠過兩個男生的面容，聚焦於抓在手心的明信片，十八歲的卡片上有後話。

……如果當初打死不去幫忙就好了。

請妳一定要避開時予，離他遠一點，最好不要有任何交集。

……我去，毀了、計畫趕不上變化。

不管是不是莫非定律，倪允璨都不認為這是一個靠譜的告誡，如同潘朵拉的盒子，越是耳提面命，越是容易讓好奇心主宰理智。

暫且拋開過多疑點，倪允璨認為應該先解決眼下尷尬的意外，衝他們露出討好歉意的微笑。

「我、我有點貧血，不好意思，砸了你。」不知道該如何接續解釋。

「沒有關係，這個人很耐操的！別害怕啊。」霎時，被女生的笑容亮恍了眼，男生掩飾般地揉揉鼻子，厚實的一掌拍在時予肩膀。另一隻空閒的手伸向倪允璨。「我是高二一的李哲佑。」

「呃、高二六的倪允璨。」

「妳有吃午餐嗎？聽說容易貧血的人是因為三餐不正常。」他說出倪允璨不能理解的理論，時予蹙了下眉，沒扯他後腿。

「吃過了，其實我很能吃的，剛剛只是起身太快。」硬是自不自然的神色中擠出一抹微笑，她抓抓髮尾。「那個、你真的沒事嗎？」

問候自然是對著始終冷臉的男生。

「沒事，時予。」

「哈啊？」斷句很微妙，倪允璨一時間沒能參透標點符號的奧秘。

他耐著性子，冷硬的聲線染上些許溫煦，眼底透出一絲彆扭。「我沒事，然後，我叫時予，不是那個。」小麥色的健康肌膚透出難以察覺的粉色羞惱。

倪允璨微愣，抿了唇，不承認對他不經意露出的小虎牙很上心。

「哦、哦，對不起。」

「幹麼又道歉？」

「唔、我不知道。」懊惱得亟欲捶捶腦門，側頭的角度，視線觸及明信片，連忙藏到身後。倪允璨有些侷促。「那個、可以幫我一起恢復原狀嗎？」

交疊的雙手像在磨擦出和暖的溫度，空氣中包覆著輕淺的尷尬。

好不容易直起傾倒的鐵書架、歸位散落的書本，但是，連累李哲佑與時予一起懲罰愛校服務，擔上破壞公物的罪名，倪允璨眼見他們百口莫辯，輕咳了聲，抿出歉意討巧的梨渦。

語氣裡的笑意在陽光下浮浮恍恍。「好像，拖累你們了。」

「對，非常明顯。」

肯定的語速及力道讓倪允璨噎了噎，時予挑眉，環抱著臂膀，睨著女生盛滿陽光燦爛的笑顏。

「哎、妳不用理他。沒關係，多被罰幾次，一次兩次就不會介意了。」

「請我吃飯。」

簡潔俐落的四個字截斷李哲佑的廢話，李哲佑沒委屈，撓著讓風吹亂的栗色頭髮，瞄瞄很不對勁的人，他平常沒有那麼無賴。

時予修長漂亮的手放入制服長褲口袋，逆著光的身影高大深刻，唇邊靦腆扭捏的笑有些札人。他假意咳嗽，再重複一次：「請我吃飯。」

午後的光線是明媚金黃的，點在他的髮梢，像是刻意的點綴，他的身上鍍上一層讓人心動的暖融，氣息乾淨清新，與他嘴角的弧度一同延伸進倪允璨的眼底，沒有特別帥氣耀眼。

但是，成為一幅最難忘的記憶。

「那個就是你說你一直遇到的女生？」

「……嗯。」

李哲佑笑出聲，「她看起來可不像見過你的樣子。」

……臉皮薄的男生抿緊了唇，露出特別不服氣的倔強。李哲佑倒是習以為常，知道他不是認真生氣，得寸進尺地多調侃兩句。

「原來我們時予是大眾臉啊。」

果斷拐了彎，回到座位。「能滾多遠就滾多遠。」他無語。

確實不得不自我懷疑，也許不如夏夏ＣＰ的驚鴻一瞥，也不該這麼過眼即忘，理不出哪裡出了差錯。

見到好朋友眼底明晃晃的笑意，氣不打來，口才比不過，只能以暴制暴。

「國文筆記你求別人吧。」

「……沒有你這樣遷怒的。」

……I've never felt this way before. Everything that I do, reminds me of you. And the clothes you left they lie on the floor. And they smell just like you. I love the things that you do.

台前老師口沫橫飛，似乎用盡說學逗唱，深怕伺候不好這群叛逆的學生們，第一堂課要是崩了，威嚴與高大上的地位就難樹立了。

被負責人約談都沒有如此緊張，從學生們口中聽見「無趣」兩字相較而言更嚴重。

倪允璨悶著頭抄抄寫寫，乍看振筆疾書，事實上不時歪著腦袋思索，非慣用的左手縮在抽屜，偶爾在手機螢幕上輕點、拖拉。連老師揚眉吐氣地宣布下課都沒有注意到。

直到同學三三兩兩的起身，或湊在一塊閒話家常，不絕於耳的笑聲才將課業的枯燥與壓抑驅散一些。

平心而論，這個老師確實如口碑，理論講解仔細、做題有系統順序、說話幽默，滿座的課堂便可以看出他的人氣。

只是要一個討厭著數學長大的少女突然發憤圖強還是難了。

專注力維持四十分鐘已經是極限。偷偷摸出國文課本認命預習，後來，手癢想找其他事打發時間。

吞掉涼透的蔥油餅，到廁所扔好垃圾，掂了掂兜裡的銅板數量，歡快地蹦噠上前按下樓電梯，老是想睡覺，肯定是因為沒有喝巧克力牛奶。

課間時候電梯內並沒有像六點尖峰時段那麼擁擠，經常排上兩批人都沒能進電梯。倪允璨低頭刷著動態更新，叮咚，電梯在七樓停下。

下意識抬頭，佇立門口的身影逆著光，在臉龐留下暗影，輪廓卻是十分清晰，他再也錯認不了。

她對自己的眼力挺沒信心的。「時予？」

淡漠的氣息，彷彿外界的喧擾都與他無關。他的眼眸一片沉黑，無光，這樣的形容讓她微怔，她揉揉眼睛。

才終於看清他在斑駁的光線中輕輕勾起嘴角。

「你也是來補習嗎？」

微頓，他語焉不詳。「算是吧。」

倪允璨難得刨根問底，擠到他身側，偌大的空間他忽然無處可躲。

她的笑顏撩人眉睫，眸光晶瑩透亮，純粹得沒有雜質，她的嗓音溫溫軟軟，每個抑揚頓挫都極自然，恍若捎來南國的暖風。

他哪裡還能有多餘的反應，愣神的注視著她。

手臂被推了一下，頓時有些脫力，幾張密密麻麻的講義飄落下來，他聽見她懊惱的聲音，拂過耳邊，由近而遠，她已經將散落的紙張收拾好塞回他手裡。

「你傻啦？」

被猜中了。時予面不改色，耳根子卻是背叛他，微微發熱。

她兀自嘟囔，「難道是我認錯？不對，你不認得我啦？倪允璨呀。」

「……記得，我可不是妳。」

「也是……哎，我幹麼跟你一起貶低自己！」

他喜歡這個角度的她。

稍稍垂著小腦袋瓜，但所有細節都一覽無遺，輕巧搧著的眼睫、泛著水光的雙眸、不服氣扁起的唇，柔軟的髮絲披肩，露出白皙的頸項，然後，成為一個這樣的她。

朝氣溫暖，卻又有沒心沒肺的任性和古怪。

一樓到了。

「我去超商，你去不去？」

他沒說話，看一眼錶，點頭跟著。倪允璨切了一聲，「悶騷。」輕聲落下，美孜孜笑了。

像是整個城市的高中生都塞進商店裡，倪允璨奮力在狹縫中求生存，踮起腳尖目光遠遠望去，男生站得筆直，晚風揚動了白襯衫衣襬，他卻不為所動。

自作主張給他買了一樣的巧克力牛奶。

「給。」高舉起來，硬是衝入他的視界，滿版。

他失笑，「謝謝。」

「那你可以告訴我了吧，你在七樓補習嗎？」還在糾結。

「……工讀。」

咬著吸管，倪允璨發出一個困惑的鼻音。像極了貓咪撒嬌的呢喃。

他鬼使神差地解釋：「在那邊幫忙，抵學費，跟課擦黑板的空閒也可以學習。」

被他的勤學震了一下，一口牛奶差點嗆在喉嚨。她忽然就思維發散了，天外飛來一筆，「要不，我去跟你同一間補習班怎麼樣？」

「不要。」

「為什麼！為什麼拒絕得這麼直接！」

時予撇開視線，沒有說話。沒有說出因為很丟人這樣幼稚的原因。

她不依不撓的耍賴，時予默默瞅著，扶了下額頭，莫名像環繞音響。

「妳手裡握著什麼？」說得卻是毫無牽扯的事。

「啊？藍芽耳機呀。」彎彎的笑眼閃過明媚的狡黠，完全不遮掩她的小聰明。「剛剛上課無聊，我聽英文歌寫歌詞呢，這叫作練英文聽力。」

無從反駁。

倪允璨撩起長髮掩到耳後，暴露還沒摘下的左耳耳機，以及，一綹碎髮滑落，在髮間隱隱熠耀的綴飾。

碰巧遇上她心情美戴耳環的日子，笑得分外臭美。

時予已經罰站一分鐘了。

當時他並沒有將她的話當真，一笑置之，認為不過是心血來潮的客套。

畢竟，她總是這樣。

彷彿平地捲起的暖風，摸不出緣起，看不出方向，來得磅礴，走得決絕。

但是此刻，她挨著牆角蹲下，捏著手機在刷西洋音樂排行榜。洋溢著燦爛的笑，沒有不耐，也不顧旁人眼光。

表現得自我，不在意動作狼狽。

眼前竄出的鞋款她見過。「啊，時予。」她拽著他起身，面對被自己的力道拉偏的身體，討好地笑。

「好慢啊，幸好還是等到了。」

為什麼……倪允璨的溫言軟語總是會激起他心底的淚意。

她的與眾不同往往有她專屬的溫柔。

「走吧。」

眼瞼微斂，時予無聲的深呼吸，慢慢地、慢慢地笑了。他很少有這麼如釋重負的時候。

「時予你話一直這麼少嗎？我講得好累呀，你多說幾句吧。」

他無語，「妳可以少說兩句。」

「哎，真沒人性，限制我言論自由。」

「……口渴就去買水。」

得逞，倪允璨洋洋得意，「這可是你說的啊，我待會去買巧可力牛奶。」

他亦步亦趨，低聲笑道：「妳買巧克力牛奶要我同意幹麼？」

「分擔一點罪惡感呀。」話接得沒半點負擔。她撓撓頭，「奇怪，我平常沒有這麼自然熟的，是因為你長得和藹可親？」

雖然後知後覺，有點慶幸，至少有察覺。

「說點話吧。」

「第一次看見妳，妳在翻牆。」

輕描淡寫的口吻，砸下的真相卻是會令人瞠目結舌的。倪允璨果然被驚得夠嗆，一時失了聲，定定望著他。

「……我靠。」慢慢將臉埋進掌心。

朦朧的月光中，偶爾有路燈的人造燈輕撒，依稀能見他眉宇間淺淺的光澤，不見半絲冷意，如深海岸暗礁的眸子碎出點點星光。

滿是笑意。

時予是不鳴則已，一鳴驚人啊啊啊。

「第二次看見妳是在我們班教室，像個門神一樣。」

……她能不能舉雙手投降呀，臉盲無罪啊。

所有她視為黑歷史的事蹟全與他有所牽扯，逼人殺人滅口。

「第三次……」

「什麼呀還有！」

他的笑意更濃。她鼓著腮幫子，吃驚的神情特別生動可愛。

一面禮貌地扯了她的衣袖，讓出馬路內側的位置給她行走。她不按牌理出牌，大開大闔的舉動會撞傷疾馳的汽車。

嗓子低沉溫和，「妳暈車，我扶妳回班上。」

話落，城市的紛擾一瞬間被強力拉遠，只留下他徒留一地溫存的暖語。

無數的交集，我都沒能好好記住你，可是不打緊，你不是替我記憶了嗎。

「你累積這麼多話原來是要秋後算帳！」

「應該沒有妳忘恩負義來得差勁。」

自知理虧，摸摸鼻子，她也有很多感動。「別這麼小氣，未來那麼遠，現在我記得了，以後絕不會忘記。」

後來的後來，歲月沖散了許多，獨獨任何與你有關的，無法遺忘。

♥

金魚的記憶只有七秒。

當倪允璨頭一次知曉這個冷知識，十分感同身受，打從心裡認同這個生物，他們肯定是同類。

如果不是再見到時予，謎樣的明信片與離奇的簡訊已經被丟到腦後。

下了公車，飛快邁著腳步回家，噠噠上樓，媽媽的問候都被關在房間外。甩開書包、隨手脫下制服外套，垮著肩膀坐到書桌前，凌亂的髮絲沾著汗水，貼著通紅的臉與冒著熱氣的腦袋。

坐立不安了整個下午，恨不得直接與身邊的男生對峙，話到嘴邊反而如鯁在喉，不知道從開始，無法克制的心煩意亂，差點忘記要去補習班試聽，收到母親大人的溫馨提醒才匆忙追上公車。

原本滿心惦記著夏辰閔就是元兇的懷疑，鄰近補習班，另一份焦躁湧上來淹沒舊有的情緒。

緊閉的氣密窗悶著夏末的暑氣在房間，刷白的牆壁映在倪允璨墨黑的瞳仁裡，彷彿被鋪上一層霧氣，浮動著影子的錯覺。

休息夠了，她眨眨眼睛、再眨眨，努力凝回一點意識。

掏出放在夾層中的明信片，一字排開，看不出半點蛛絲馬跡。倪允璨發愁，拖著下巴左右為難，一股腦推到青梅竹馬面前的念頭越發強烈，全給他煩惱多省事。

青梅竹馬實事求是的死心眼偶爾挺受用的。

搧搧熱氣，倪允璨隨手撩起瀏海，接著用髮捲圈上，頹然地趴回紊亂的桌子，光潔的額頭抵著清涼的桌面，她登時得到一絲清明，猛然抬首。

記不取教訓，目眩許久才好受。

哪怕一點關聯，她想起陰她一把的那封簡訊分明有提到的名字。

時予、時予。

兩件離奇的狀況都牢牢綑綁著的名字，倪允璨來不及避開就與他相遇，拍拍胸口，有點毛骨悚然。

難不成原本是要傳給那個彆扭男生？很有情感糾葛、相愛相殺的隱微。

難不成他是傳說中的空調、渣男、王八蛋！

倪允璨握著手機的手遲疑不定，大可置身事外，但是，老是感覺心裡梗著疙瘩，時時刻刻給她添堵，她做不到安心看成誤會。像一根緔緊的神經被捉拿住，有一股逃不開的沉悶繁重，讓人惶然。

她真的不愛管閒事，可是，救命恩人能稱上自己人吧。

最終下定決心，狠狠咬牙，她鍵入幾個字，接著，閉上眼睛、按下發送，動作一氣呵成，暗暗而長長嘆息，當真用盡力氣，虛脫似的正放下手機，意外馬上被驚心的震動扯回注意，倪允璨瞪著內存的歷史紀錄與新進的訊息。

——你是誰？這支電話應該已經停用了，假扮往生者會天打雷劈的。

真相撲朔迷離，但是線索的發展已經超乎想像。

♥

倪允璨耗費將近半小時釐清複雜又詭譎的現況。

她居然時空對話了！

二十五歲的倪允璨與十七歲的倪允璨，相隔無法横越的八年，居然啟動時空對話，架起微妙的聯繫。

未來那位是給自己重要的人發了短信，沒料到應該石沉大海的心意，收到了回復，不該如此。

根據二十五歲倪允琛描述的現實，短信應該要沉寂於被摔得稀巴爛的手機，更是因為缺繳電話費而遭到停話的號碼。她去查過，這組電話號碼並沒有被其他人重新啟用。

「我不懂，所以現在到底是什麼概念？妳是八年後的我？」

「我不知道能不能這樣解釋。」

「什麼啊，說清楚，不要仗著大我八歲就倚老賣老。」

停頓了將近一分鐘，二十五歲的倪允琛顯然陷入人生掙扎，如果不是要理解情形，她一點都不想跟十七歲的倪允琛對話。

她也不想承認這是八年前的她，丟人。

「……妳才不要仗著年紀小就當伸手牌，動點腦好嗎。」

「切，妳還不了解自己嗎？妳小時候哪次主動思考了？」說出來自己都不相信。

反駁不得，螢幕上出現簡潔明瞭的省略號。

不是值得稱讚的事，只有十七歲倪允琛能夠沾沾自喜，點點頭。「看來我們挺有共識的，我真的是妳的過去？」

除了正事，二十五歲倪允琛認為她跟十七歲倪允琛無話可說。

「我們現在不能確定，我們是同一個人，只是時間軸上早晚的差別；還是是不相干的平行時空，然後我們是剛好相同名字的不同人？」

「好繞呀，都是倪允琛啊。」

「在我的記憶裡，這支手機確實是時予的，妳說妳那邊是什麼時間？」

「是高二開學日的隔天。」

「見到時予了吧。」

她用的是肯定的句點。

「是啊。」不知道未來那位是不是一樣臉盲，她揉揉鼻子，扯開話題，「先問個，妳當年有補習嗎？」

「當然沒有，這麼噁心的事，我念文組，有什麼好補習的？」

「妳念文組？妳該不會是為了躲夏辰閔？」

「……我總感覺自己在跟肚子裡的蛔蟲說話。」訊息回覆的速度稍慢。

沒有否認，十七歲倪允璨一點不感到意外，她也曾經有這樣的猶豫。儘管表現得坦率無謂，卻騙不過自己，她不會告訴任何人，她是用了多少力氣才讓一切看起來雲淡風輕。

兩年，她不可能滯留在過去原地。

她不再是待在夏辰閔身邊就呼吸急促、手忙腳亂的倪允璨了。她會好好做到的。

十七歲倪允璨輕嘲，「沒長進，我選的是理組，躲得了他妳躲得了謠言嗎？」

「學得起公民的親屬關係和遺產繼承，妳學得會進階物理嗎？」

誰都不是吃虧的個性。

十七歲倪允璨不滿了。「管我，話說，清陽的書架那麼爛嗎？我在圖書館撞倒書架，壓到時予。」

「……妳為什麼會撞倒書架！我不記得我當初做過這麼蠢的事！而且波及到的是時予不是阿佑！」

倪允璨完全可以從螢幕上的標點符號讀出未來那位的憤怒。

不過，對於對方關心的重點讓人匪夷所思。

兩人的反應溫差挺大的。

「所以妳是因為上課睡覺被罰當圖書長，再因為衝撞時予和阿佑，為了賠罪，必需要請吃飯，還必須到足球隊當球經？」

「什麼話！如果不是妳一開始莫名其妙的簡訊我會被抓包嗎！」

「講點道理，我又不能預見這是對話的契機！而且，我當上圖書長單純是猜拳輸了，認識時予和阿佑是弄倒器材室的球架，當上足球隊球經是因為不想跟夏辰閔共事！」搞笑，要是到籃球隊當起球經，她九成九會成為青梅竹馬的役使對象。

「球經還不是定案呢，自己有多耍賴自己不知道嗎？」

忙著較勁，很多細節不及留意，熄了燈仰面躺上床才緩緩釐清。

二十五歲倪允璨好像沒有那一二三次的交集。

相識、緣由以及過程，一切的一切都不再相同，那麼，儘管走向與時予牽扯的結果，是不是有機會看見另一種幸福的可能。

第二章

青春裡最好的禮物是我們如此義無反顧。

——不朽。

前腳剛進早餐店，倪允璨一把搶過菜單，瞪著兩個男生怔愣的微妙表情，摸摸鼻子。「幹麼？我出錢當然我點餐。」繼續僵著微笑，帶著不經世的蠻橫。

「妳以為在吃合菜餐廳？」

李哲佑跳出來圓場，樂呵呵。「這傢伙很挑食，他怕妳點了他不敢吃的。」

話音剛落，立刻遭到挑食者一記肘擊，苦哈哈閃過下一波攻擊，愁眉苦臉地瞅著揮舞著紅色蠟筆的倪允璨，一開始沒發現他是個戲精，女生愣了神後發出輕淺的笑聲。

「不管，我點，不敢吃也給我吞下去，是不是男人啊。」

「我不是男人，難道妳是？」

「嗤，我是少女。」

時予白眼翻得有些無力。

兩個大男生沒能奪過她攥在手裡的劃菜單，目送她蹦噠著去結帳，接著，視若無睹回到對面座位，捧著臉頰一眨一眨盯他們打量。

瞧得他們惡寒。這相親的錯覺沒人扛得住。

「唔、終於來了，餓死了。」女生迅速起身張羅，將去冰的紅茶推到時予面前、暖手的奶茶遞給李哲佑，吸管俐落且準確落在接近杯緣。

跳脫出溫馨的是洋洋得意的小梨窩，倪允璨一面拆了竹筷子用保溫瓶的水燙過，嘴上忙不迭地分配，聲息輕軟和煦，像拂面的春風過境清澈的池水，

「這個漢堡拿掉番茄、拿掉酸黃瓜和洋蔥，那個是薯餅蛋餅，沒有加番茄醬，還有，給你點了紅茶不是奶茶。」

邀功的口吻大有不准再挑三揀四的意味，但是，面對見面第三天的女生，李哲佑茫然的面色中轉瞬破出一絲曖昧調侃，時予卻是擰著眉毛，遙遠身後的陽光像給他的深邃的輪廓打下朦朧燈，墨色的柔軟頭髮與墨色的眉眼，有點清晰有點模糊。

倪允璨揉揉鼻子，有所悟時予若有所思的視線，心裡一個咯登。

本來顧及零用錢不能消耗太多的打算，固執己見的排開眾議，此刻此時，驀然發現自己的作為太不對勁，挫敗地噤了聲，默默啃食熱騰的可頌。

都怪未來那位半點都不透露攸關自己的事，說的都是不能更改的過往，除此，大篇幅都在討論名叫時予的男生，不誇張，關於時予的飲食小習慣，她倒背如流。

奇怪的是她矛盾又掙扎的說詞。

偶爾期望她澈底不要出現在時予生活中，偶爾期望她給予貼心到不行的付出，倪允璨變得無所適從。

「咳、時予，看來是你的小粉絲，所以砸了你是預謀啊，好扭曲好可怕的崇拜。」

「你說的是anti。」

女生吸了一口奶茶，清麗自然的面容讓食物鼓成包子臉，奮力嚥下食物，終於開口反駁。「說得我好像很變態，不吃那些食物的人很常見，我只是用最極端偏食的特徵去設想，少污衊我。」

「哦——用心良苦的設身處地、為人著想啊。」

「李哲佑你話這麼多，不怕噎死嗎！」

時予涼涼地瞥了女生張牙舞爪的模樣，扔了衛生紙到桌前。「頂著這張臉上學妳才會被笑死。」似嘲似諷的語氣，聽來有不相符的寵溺。

女生連忙對著手機黑屏整理起儀容，擦去嘴角的醬汁，順手接過男生掏出的濕紙巾，匆匆擦拭手指黏答的感覺。

沒有人看出在時間線上兩人互相照顧的違和感。

學期的九月通常活動行程滿版。

學生會的新血招募、各體育校隊的球經徵召、社團迎新表演，以及學校官方的儀隊和司儀的篩選，活動層出不窮。

夏辰閔甚至經常跑得不見蹤影。

青梅竹馬被小學妹逮住很多回，欲哭無淚呀，夏辰閔不歸我管好嗎！

煩不勝煩，因此，古靈精怪的倪允璨不當病貓，老是一句話堵得對方落荒而逃，漸漸演變成詭異的相處模式。

倪允璨作威作福，夏辰閔放任，旁觀者眼中的寵溺，在倪允璨眼裡只是兇狠的報復。她隨便走在路上都覺得芒刺在背啊啊啊，聽見「學姐」兩個字就背脊發涼。

「那也是要反省妳自己都說了什麼。」

親眼目睹過現場的顏汐不置可否，送了三個字給好朋友，自作孽。

得到這樣答覆還能忍下去的，簡直是聖女小番茄好嗎。

……。

「學姐，聽說妳是夏辰閔學長的兒時玩伴，可以問一下學長的喜好嗎？」

「他喜歡棒棒糖。」

「啊？所以學長嗜甜？」

倪允璨大力點頭，笑咪咪，「但是妳可能還不夠甜。」

……。

「學姐，妳從小跟夏辰閔學長一起長大，妳知道他喜歡哪一種類型嗎？日系？韓系？」

「他喜歡夏陽那一型。」

……夏夏ＣＰ不退的熱門程度她功不可沒。

……。

「學姐，妳老實說吧，我會保密的，妳跟夏辰閔學長是不是偷偷交往？」

「我看起來像小三嗎？」

「咦？」

「我比不過夏陽男神啊。」

諸如此類。

嘛著油亮的唇，她收回瞪視罪魁禍首的目光。「同一個問題被問了十次，能突發奇想出其他答案是我本能的創意啊。」

顏汐揚眉，「妳是絞盡腦汁，別藏，我上次看到妳在寫QA攻略。」

「那是，我不能埋沒我的才能啊，而且不寫下來，我是金魚腦沒辦法。」

「跟妳那個救命恩人有關的，沒看見妳忘記過。」

她微怔，手指一頓，直到身邊出現另一道清冷沉靜的氣息，她瞧了夏辰閔一眼，掩去連自己都不懂的不坦然，故作從容。

「哎，都說是恩人了，不能不謹慎啊。」

壓壓沒說出口的膽戰，她的行為完全與二十五歲倪允璨的請求背道而馳，纏著時予一起搭車補習、也經常在早餐時間故意不期而遇。

她越來越不懂，對他的在意是因為明信片的謎，還是因為單純時予這個人有趣，又或者是，她想要避開跟夏辰閔的相處。

他的反差萌的確很有趣，沒見識過他這麼彆扭的人，新鮮。

只是這樣的靠近已經連別人都看得出來，是不是就不是一個良性的發展？

每天與二十五歲倪允璨插科打諢，好幾次近乎要脫口她跟時予的相處，終究因為莫名的慌亂停手，給自己鼓足底氣的散漫分享起其他日常。

只要抓到一個一模一樣的事件便鬆一口氣。

雖然她一點都不清楚，究竟改變是好的還是不變，因為她甚至不知道，她在這裡瞎折騰，是不是能影響到二十五歲的倪允璨。

「明天籃球隊球經徵選，來不來？」

倪允璨眨眨眼，「夏陽讓你問的嗎？」

激動，男神的垂青多不容易呀。卻是忘了考量男神的冷漠無情，他向來不管事，參選副會長選舉無非是打賭輸了，難得的敗蹟。

夏辰閔差點給她白眼，「隊長問的，他說妳應該是全校最不帶邪惡目的的。」

「誰說！誰都喜歡夏陽好嗎！我能例外嗎！」

「喜歡歸喜歡，妳那是外貌系的，純欣賞，不耍花痴的。」

「謝謝讚美。」

顏汐涼涼道：「妳要的是腦殘。」

「而且夏辰閔能治妳好嗎！」

貫穿教室的聲音來自走廊路過的籃球隊隊員之一，他張揚習慣了，倪允璨卻是想揍扁他。

夏辰閔掀了唇，「找麻煩算他頭上，我沒說話。」

「你為什麼是幫籃球隊問，不是問排球隊？排球隊你才是正式球員吧。」

「夏陽是先發就夠了。」

……對於夏夏CP的稱號看來自己倒是也挺滿意的。這種受到不行的口吻，倪允璨只能微笑。

「所以妳什麼都不參加？想成佛？無念無求。」

「誰說我什麼都不參加，我要去足球隊玩。」

前一秒沒有的打算，立刻下定決心。當事人沒有覺察勾起的唇角要先前耀眼溫暖，是會將人感動的真誠。

饒有興味的點點頭，顏汐沒多作表態，淡淡望了夏辰閔一眼。

他們似乎默默或努力習慣，倪允璨腦抽了愛纏著時予這件事。

「補習班的課還跟得上嗎？」

盯著女兒擺餐具的忙碌身影，忍不住開口。對於確定補習的事，不哭不鬧不上吊，她原本多排斥啊，突然善解人意，連倪爸都擔心。

「還可以吧。」

有聽的有懂，沒聽的隨風飄搖，接不上的觀念她佛系精神看待，不強求。

大概有時予一起她就心甘情願多了。

女兒這麼聽話，媽媽也很憂愁。

「吃飯呢？樓下買吃的方便吧？需要媽媽幫妳送餐嗎？」

「哎，不用，又不是媽寶，隨便買買就可以了。」

「零用錢夠花嗎？補習的日子需不需要多給妳一點？」話及此，提心吊膽的霎時間轉變成倪允璨，扭頭的動作僵硬，以非常非常懷疑的目光打量著母親大人。

祭出增加零用錢，案情肯定不簡單。幾秒的時距，千萬種可能在腦袋裡翻騰，她遲疑，「妳跟爸又吵架了？」

「難道又要吵離婚？」立刻被一掌巴在肩膀，倪母氣笑，「多吃一點飯，少胡說八道。」

她可委屈，「不然妳沒事給我加零用錢幹麼？」非奸即盜呀，難道不是明晃晃的利誘嗎！

「妳突然乖乖到補習班報到，妳媽反而擔心。」正巧下班進門的倪爸接口。囉哩八唆的性子沒道理忽然改邪歸正。

「原來你們覺得任性的我比較可愛。」能一本正經下這個結論世界間少有了。

斂下眼瞼，近乎要外洩的複雜情緒費勁才藏好，盤旋上倪允璨心底的是另一件事。離婚。

二十五歲倪允璨的童年沒有那場車禍，爸媽在當年世足冠軍賽結束當天簽下離婚協議，她被擁有穩定經濟能力的爸爸帶走撫養。

這些過去，是十七歲倪允璨極為陌生的。

或許關鍵的是那場車禍，它的存在挽救了搖搖欲墜的關係。

然而，不是所有分離都能萬能的被避免。初二的暑假，夏辰閔走得倉促無聲，沒有隻字片語，倪允璨盯著空無一人的陽台哭了一個晚上。

努力把喜歡與依賴都丟掉。

成長的路，時而重疊時而岔錯，誰也不具備上帝視角的眼，不知道時空的規則，不知道這場對話是必然，或者是，需要擺正的異途。

如果兩個人所經歷的出現分歧，或許證明先前的猜想，她們兩個生活於相異的時空，能夠走出截然不同的結果。只是二十五歲的倪允璨，仍然必須擁抱最疼痛的傷口。

「好煩啊、我們兩個是一樣名字，我用倪允璨稱呼妳感覺很神經，對於這件事妳有什麼看法？」

十七歲的倪允璨自從發現發簡訊不用額外費用，理所當然把二十五歲的倪允璨當作聊天的好姊妹，問起明天的考題、比賽勝負或是朋友間鬧矛盾的解決方法，近乎老媽在求神問卜。

「哦，第一、我們不是單純同一個名字，實際上是同個人，第二、妳又不會在別人面前提起我，理解不了妳有什麼困擾。」

她當然不會說，她自己心裡彆扭。未來那位適應力太強大，明明是自己，她還是有不可思議的想法，像是這是一場還沒想來的早安夢。

沒忘記跟她辯駁，「妳不是說我們也有可能是平行時空？」

「哦，忘了，直覺當成是同一個了。」

「……我不管，我就是給妳取個名字。」

「為什麼不是妳給自己取？」

「跟年紀比妳小的人計較妳怎麼好意思？」

沒得到對方即時回應，倪允璨自顧自解釋成應諾。「就叫妳未來！很符合我們兩個的關係。」

握著手機苦惱半晌，終於擠出沒有創意的稱呼。

一驚一乍的反應不外乎來自一股熱血的十七歲倪允璨。

「對了，突然想到，有件事，我在圖書館的架上意外發現一疊寫給倪允璨的明信片，就是開學隔天，在撞倒書架之前，對妳而言大概是寫給過去的信，那東西跟妳有關係嗎？」

「……是各國建築風景的明信片？」

「對，上面提到很多我的黑歷史，一度誤會是夏辰閔耍幼稚，可是還提到要離時予遠一點，看來就很奇怪了。」

節奏明快的訊息忽然斷了。

不知道是收訊崩了，或是未來撒手不理。倪允璨沒辦法跟未來的自己置氣，耐著性子慢慢等，隨手拿起信卡重新看一次。

彼岸的沉默時間長久得倪允璨已經嗑掉一盤水果，手機總算有點動靜。

「那些明信片是我寫的，但是，有幾張我根本還沒寄出，我原本壓在行李箱底層，剛剛去看發現不見了。妳注意過上面的收件住址嗎？」

收件住址？

「不是家裡嗎？」

「有幾張是不一樣的，妳找找。」

倪允瑔翻來覆去數張明信片，許久，在邊角地方發覺一行小字。

「那是時予安眠的地方。」未來搶先扔她一枚訊息炸彈。

「……安眠！妳的安眠跟我的安眠是一樣意思嗎？是非常不祥的那個安眠嗎！」

「八年應該不足以讓教育部重新定義安眠的意思。」

「聽起來太可怕了！我前幾天才和他吃飯、昨天才和他一起到補習班，妳現在跟我說他活不到八年後，妳讓我以後怎麼看著他好好說話！」

「哦、他沒到畢業就去世了。」

「……我長大後說話這麼直接嗎？經過人情世故和殘酷現實的打擊，我還這麼心直口快是正常的嗎！」

「重點是，如果我們是同一個時空，也就是、如果我是妳的未來，請妳現在開始拯救時予，如果我們所處是平行時空，我不知道我們會不會有相同的結局，所以，在不知道妳能不能對未來產生易變之前，還是請妳避開時予。」

「大姐，我要怎麼知道我能不能改變未來？」

也許是這個問題太懸，沒有人可以驗證出答案，二十五歲的倪允璨選擇打住這般探討，老實說，她害怕過於執著篡改。內心深處，她是期望十七歲的倪允璨能代替她得到幸福。

有時候，倪允璨覺得未來很高冷，悲觀、憂鬱，十七歲的她明明不是這樣，始終抱著可以探知將來的好奇，認真想來，也許真的是平行時空，她們根本是個性天差地遠的兩個人。

直到她拚完作業，扔了筆要上床，忽然收到未來的警告。

「明天是妳當球經第一天，絕對千萬離球門遠點。」

星期五社團時間，倪允璨沒賴在校刊社社辦，胡亂收了桌面、抓了書包便往操場奔跑。沿途遇上正前往籃球場的夏辰閔，他也看見了，遠遠能見小小的身影顯得倉皇滑稽，輕狂明媚的笑意頓時在唇角漫開。

男生一把扯住她書包背帶，對於女生埋著頭橫衝直撞的小孩子模樣，好氣又好笑，聲音輕快地自女生腦袋瓜上降落。

「倪允璨妳幹麼對我視而不見？」

「哦、嗯，還真的沒看見。」聞之，立即抬首，撞上男生似笑非笑的挑眉。「哎、夏辰閔你別妨礙啊，你去你的籃球場，我要去足球隊幫忙。」

「順路，可以跟我聊聊妳什麼時候看得懂足球了。」

「順路個鬼，你東西不分是吧。閃邊去，別阻擋你潛能無限的青梅竹馬成為優秀球經。」

「從小看我打球，不來排球隊當球經就算了，連籃球隊都拒絕，反而喜歡重新開始，妳以為自己智商很高？」
倪允璨頓悟為什麼時予偶爾讓她感到負面的親切。
他根本和眼前這位少年一樣嘴毒，不懂憐香惜玉、毫不留情的那種。
「我智商關你什麼事！你好好的排球不打，死要跟著夏陽進籃球隊，才能被淹沒了你活該。」
「不跟著夏陽，會很對不起我們夏夏CP的美稱。」
男生頂著午後豔豔的陽光，面上的笑容卻實打的更加燦然，三分涼淡七分不羈，雙手灑意地插入口袋，捲起的衣袖收攏著線條分明的臂膀，一件球衣隨意擱在左肩，碩大頎長的身形讓人略感壓力。
倪允璨忍不住推他，清亮的眸光隱隱閃動唾棄。「真煩，爛理論，你不走，我要走了。」
他不急著到籃球場，她很急呀，皇帝不急急死太監……我靠，他才太監。
繞遠了路終於甩開夏辰閔，到球場時候選手老早就定位，她鬼祟的身影馬上被教練眼尖發現。
硬是塞了一塊板子及一疊紙張，印著密密麻麻卻整齊方正的格子。
「技術統計？」
倪允璨有點明白什麼是搬石頭砸自己的腳了。
她哪裡懂什麼足球規則！
又氣又惱，捶著腦門矮下身子，一口氣還沒吐完便覺得要噎上。倪允璨認命拿過記分板到眼前研究，粗魯地翻動說明的紙張，嘩啦啦的聲響淹沒在暑氣騰騰與球場的甚囂塵上。

一面用手機搜尋，翻著易懂的規則說明和名詞解釋。

良久，注意力被場上的吆呼拉走。懶散撐著側臉，抬起另一隻手用記分板遮擋豔照的陽光。倪允璨蹲坐在看台，勉強自己打起精神學習，不像她的作風，如此不過是她忽視不掉未來的預言似的告誡。

她沒有全知的視角，自然無法輕易抉擇如何是最好的安排，然而，盯著未來傳送過來的訊息，她無端感受到一股哀痛的沉重。她是矛盾的，懦弱得不敢試驗結果，卻又做著像是抗衡命運的決定。

有時候很想隨心所欲，有時候深怕一個舉動會萬劫不復。

遙遠球門的方向，男生蒙上一層灰土的球鞋踢踢草地，狀似無意，偏過頭，探究的視線彷彿穿街走巷，掠過所有阻礙，落在倚坐場邊的女生，情緒不明。直到甯靖宇慢跑過他身邊，試探的呼喊聲驚動他若有所思的面容。

觀賞得入神，劃破天際的哨聲結束上半場的友誼賽。一群人抹著汗水，一面聚集到場中央討論戰略，倪允璨不經意瞧見時予沒有移動身形，前腳輕勾起足球，抓著離開地面的一瞬踢出射門，反覆練習，變換著踢法。

遲疑一分鐘，倪允璨箭步爬上幾個階梯，拿到箱子裡的礦泉水。熾熱暖和的太陽鋪天蓋地籠罩下來，她恍然自己做了什麼，但是，略略抬眸，男生已經近在咫尺，落荒而逃太丟臉了。

「給你，喝水。」

「……謝謝。」

慢吞吞接過，一抹愉快迅速漫過黑色瞳仁裡的迷茫，時予手腕上的護腕染著晶亮的汗液，他毫不在意地往額際蹭兩下，裝不住鎮定，薄唇的弧度掀起溫柔的笑意。

男生瞅著她紅撲撲的臉頰、清亮的眸底有不可察覺的懊惱，好氣又好笑，空出左手推她額頭，沉穩嗓音裡的嫌棄竟然像是寵溺。「跑那一段距離就喘成這樣，八十歲的體力。」

「誰喘了！」

時予閉上嘴巴，沒收斂唇邊戲謔，意思不言而喻，倪允璨噎了半晌。

她張牙舞爪的跳腳模樣埋進他深邃的眼底，融成一幅不明朗的風景，帶著鏡花水月的殘影。時予正要替她拂好凌亂的髮絲，倪允璨忽然觸電般地倒退兩步，在沒能看清的時距，強勁的飛盤夾帶旋風直直打上她的後腦。

立刻摀著傷處，踉蹌著搖晃幾下，女生仰首望著男生，古靈精怪的眼眸泛起委屈的淚光，他及時抓住她的臂膀攙扶。

「啊！痛……」

「倪允璨……」

♥

興許是被砸了腦袋，倪允璨才想起還沒有報備她的父王娘親這個偉大的決定。她最近表現得不差吧。

應該不會被砲轟成渣吧……要是真往這個方向發展，就裝暈算了，她的頭還在抽痛呢，裝起來一定比珍珠還真。

等到爸媽先後起身盛好湯，清了清喉嚨，倪允璨咬著筷子，低低喊了聲。

倪母鳳眼微瞇，眼神瞥過來，不認為她會說些什麼驚天動地的事情，倒是倪父擱下碗筷，眼神帶著鼓勵。

「怎麼了？」

「我跟你們說啊。」

「有事快點說，垃圾車快來了。」

倪允璨加快語速，「我去面試了學校足球隊的球經，上了，然後今天是第一天工作。」

理所當然的，與學校無關的活動都會讓倪母瞪眼。

立刻擰眉，口氣不善，「參加那個大考能加分嗎？妳怎麼那麼講不聽，去報名語文競賽的培訓都比這個有用。」

儘管做好心理準備，但是，一個關心的多問都沒有便直奔責備，倪允璨扁了嘴，不能接受，媽媽從來不會問她的心願。

「我又不喜歡演講，而且還要先在校內比賽得名才能進培訓，不可能的事我幹麼去浪費時間丟臉？」水色的眼眸亮著一抹堅毅的倔強。

倪母氣不打來，重重放下木筷子，餐桌上被洗空的餐盤都震了震。倪父勸和的聲音來不及趕在怒火前出現，焦急地扯扯領口，細心望著女兒的神色。

「什麼叫浪費時間！妳去球場聞那個汗臭、穿梭在男孩子裡面給水給毛巾，這樣不浪費？倪允璨妳清醒點，妳已經高二了！不是剛進高中什麼都可以玩、都可以嘗試！」

「我高一的時候玩了什麼？妳讓我玩了嗎？我回到家一句話都沒有說上、一件學校事情都沒有跟妳分享……妳只會問我作業寫了嗎、預習了嗎、隔天的考試複習了嗎……不是嗎？」

咬了下唇，維持最後一絲理智才沒有甩門離家出走。夾雜著怒氣的控訴染著淚水，克制不住的微微顫抖，她不想這麼狼狽，不想顯得她很幼稚很無理取鬧。

任由眼淚滾落，她用力抹開，臉頰留下一片通紅，倪父疼惜的去拉她的手被躲開。

「我……」

「妳是為我好，我知道，所以我不喜歡，妳也不在意。」

像是找到另一個出口，倪母仍然有點氣急敗壞，不習慣被噎得說不出話。「那妳喜歡什麼妳不是也沒有說過嗎？」

喜歡什麼？

我喜歡什麼。

倪允璨落得極大的怔然，失了聲、停了動作。

許久，她才垂下腦袋，彷彿被遺棄的小貓，聲音輕如嘆息，問著自己，卻只有一片鬱悶的寂靜。

「對呀，我喜歡什麼……」

從來沒有毅力完成什麼事。

從來都是隨心所欲，打雞血一樣的過日子。任性、沒心沒肺、間歇性懶散、無可救藥古怪，都是屬於她的形容詞。

喜歡過攝影，玩著底片相機，但是眼見她拍的夏辰閔的照片，被公開在校刊上便不玩了；喜歡過製圖，但是被盜用過一次就退出了；喜歡過寫作，但是在班上被開過一次玩笑便撒手不再寫了。

可以說她抗壓性低，也可以說她小孩子脾氣，或指責她不過是不夠喜歡。

倪允璨就是討厭喜歡的東西有任何雜質。

也介意喜歡的東西跟別人一樣。

沒想到是這樣的回答。倪母只是不要長輩的尊嚴被打擊，沒有想要看到她不再擁有平時的張揚朝氣，只剩下深沉的頹喪。

她愕然，有點無措，慌亂的對倪父使眼色。

半晌，低低沉沉的嗓音沙啞，輕輕揚起。

「我不知道我喜歡寫作，是因為妳想要我穩定好成績比較好的科目，還是我真的喜歡，不管是國文或是英文……到現在，我不知道……」

不知道喜歡什麼。也沒有興趣沒有夢想。

倪允璨老是從容不迫的笑著，看似毫不在意的賴著未來透露現在的工作，就是為了知道自己以後的職業，她不想帶著這份茫然不安庸庸碌碌。她也想表現得積極。

她的眼神、她的聲音，空洞而悠遠，不是單純的失神，而是，竭力想要思考出什麼答案，卻徒然的迷茫。

倪母乾巴巴看著她，手忙腳亂。

「妳讓她去做她現在確定喜歡的事吧。」

「我這不是擔心……」

「她都聽話好好去補習班了，妳就給她一點信心吧，她會知道自己要幹麼的。」

對視了要一分鐘，最後，兩道目光都落在她身上。依舊抬不起頭，一手捏著制服裙襬，緊緊咬著唇，鼻子、耳根、眼眶都發紅，起伏的胸口是劇烈情緒的證明。

「……就去做吧，做不好了別憋著，記得回來說。」

這大概是倪允璨媽媽做過最大的退讓。

倪允璨無聲掉了淚，被爸爸拉進懷裡寬慰。

「我說，未來，妳讓我滾遠點球門，是因為妳當初被飛盤打中嗎？」

揉揉哭過後浮著粉色的鼻子，心中底氣越不足，嘴上的口氣越驕縱，想起剛剛哭得一塌糊塗的自己，只想掩面。

擺盪在走近或遠離時予的選擇間，患得患失，還必須應付補習班的小考，壓力山大，莫名一戳，簡單戳到埋藏很久的委屈。

浮現自己與母后大人叫板的場面，興起慢到的害怕。

忿恨地敲入猜測，倪允瓅輕輕摸了腫起的腦袋，倒抽了冷空氣，嘶嘶地暗罵自己手賤。

這次很快便收到回覆，於是，又開啟攸關過去與現實的釐清對話。

「不是，我那時候在球門旁邊跟甯靖宇玩，被時予踢的球砸到。」

「……我反省出一個道理，我根本不只要遠離球門，我是要遠離有時予在的球門！」

「要這麼說也不是不可以，妳跟時予是相剋了吧。」

「他揹我去保健室啦，嗯，還算是個好人。」

遙想彼時，並沒有照著最悲慘的狀況走，來個彗星撞地球似的跌到地上。時予顧不上矯情，被汗水打濕的手臂有力拖住她搖晃的身子。

輕輕闔上眼，那些不經意或不得不的碰觸，留下餘溫漫長的溫暖在接觸過的肌膚和衣服。

男生低著頭的面容是逆光的，錯落的光線深深刻著他的輪廓，細節都是朦朧的，那麼，隱藏眼光裡的心疼與慌亂，有多少分的可能是真實？

他緊張她，特別特別緊張擔心。

瞇起眼睛，右手仍然扶著疼痛抽著抽著的腦袋，歪歪斜斜地爬上他寬厚濕熱的背，相觸的感覺是不好受的，倪允璨留著些許理智，直覺要賴在他身上很傷女性矜持，咬著牙，手臂抵著他近後頸處，半挺起自己的上半身，不願與他過分貼近。

尷尬得不行，害怕他誤會她是討厭他身上的熱汗。

兀自糾結，感覺頭更疼了。

「妳這樣繃著肌肉，不會比較輕。」

清冷無奈的聲息飄到耳畔，似乎可以想像男生嘴角的揶揄，倪允璨理智線微斷裂，自暴自棄地鬆懈身子，不甘願地趴回他貢獻出的背。

男生女生腦波頻率果然沒搭上，不打緊，女生也沒精神計較，慵慵軟軟靠著他，一晃一晃的感受竟有點像搖籃，她癟著嘴，沒了聲音。

男生交代甯靖宇告知教練的聲息，以及甯靖宇調侃曖昧的笑聲，都在紛擾的足球場忽遠忽近起來。

此刻能夠回憶起的，只有他溫熱的吞吐與氣息，還有在與他十分相近的距離，收藏他付出的關心。

「說得很像渣男，時予才不是對每個人都好。」

「……妳別嚇我，我用書櫃攻擊過他，他要是喜歡我我會覺得很災難。」

「被他喜歡哪裡災難了！足球隊的前鋒、會煮飯做菜、文科差了點，但是數學的全校百分比是個位數，偶爾口是心非，可是心地是善良的，妳那麼差勁，有什麼好抱怨的？」

「=_=妳罵我差勁不就是罵自己嗎？」

不准別人說他一句不是，儘管是過去尚未喜歡上倪允璨的時予。

「不好意思，我是成長成熟的倪允璨，不跟妳同流合污。」

「原來長大的我用成語還是那麼浮誇。」

「很好，既然我們有致認同我們是同個時空的過去未來，拯救的事情就交給妳了，妳不用改變太多，只要讓時予活過十八歲、活到未來就好。」

「這種對妳來說死而復生的事，妳講起來真沒有心理障礙。」

「妳才不要一直針對小事，婆婆媽媽，做不到不和時予牽扯、注定高中後的兩年和他相處，妳就認真小心的去保護他，最好能先找出導致他死亡的變因。」

「為什麼妳的話題總是要繞著他？沒有別的事可以說嗎？透露一下我大學會考上哪、什麼科系啊！給條明路不行嗎？不要對自己人那麼小氣啊。」

「將來的事自己體會才有意思，不管問幾次我都不會說的。」

「不是啊，明明有可以問到的人，就像寫數學講義，明明有答案在後面還被勒令不能翻，可能嗎！」

而且，她那叫做參考答案，完全把算式抄下來她也不樂意，中規中舉的演算過程很冗長累贅，抄得她手痛。

未來盯著呆板的文字竟然能想像蘊含的情緒波動，忍不住想撫額。從前的自己有這麼投機取巧、貪小便宜嗎？

往事果然不堪回首。

「……」未來發起省略號倒是很順手。

「不要裝死啊啊啊！妳就說妳跟他到底什麼關係，不會是什麼難以啟齒或見不得人的事吧。」

未來跟現在的自己也許有些差距，不說容貌與年紀，至少她敢說要是她不儘快直奔重點發問，未來肯定會一個句號結束這回合。

狠心到極致。

倪允璨對未來一點把握信心也沒有。深有所感自己的風風火火的性格、任性幼稚、流浪自由，這些在十七歲便展現得淋漓盡致，八年後的她約莫不會有多大變化，可能變本加厲。

這段不短不長的日子，她究竟做了什麼、讓她必須耿耿於懷那個男生？

相隔八年光陰的時空，理論上是同個人，但是顯然腦波搭不上線。

「妳不說我也會猜到的。」

未來立刻發一個問號過來，簡潔俐落，看來不願意多解釋，又或是不知道該如何開口更能說是沒有把握能不能坦言，只想暫時草草敷衍。

思想奔騰古怪是倪允璨給人的印象之一。

她飛快鍵入自己的臆測，手速完全體現她滿滿的自信得意。

「他、不會是妳失散多年的兄弟吧？」

有這般異想天開怪不得倪允璨。

沒辦法，倪父倪母老愛對著脫韁野馬似的倪允璨碎念：出去就跟丟失一樣、璨璨妳就是橋邊撿來的吧。

思想也跟她的行動力一樣。

於是，未來澈底忽視她的訊息了。不論倪允璨在這頭如何折騰咒罵，好一段時間沒有得到未來回應。

哎，她就是想調節一下緊張的氣氛啊，未來那位怎麼這麼禁不起玩笑。

憂愁憂愁了，這樣時空對話的不正常事件忽然像個夢境。

如果不是打開抽屜還可以看見躺著一疊的明信卡，倪允璨都不禁要質疑自己，怎麼說都算上荒謬的經歷。

沒能得到未來解惑，倪允璨一時陷入兩難，不明白對於時予該是靠近抑或是遠離，連續翹了兩天的工作，當起縮頭烏龜不是長久辦法。

她撐著下巴思索。順從自己的心意，她當然是想好好當個球經、好好坐在場外欣賞陽光帥哥，而且，時予那麼彆扭有趣，她不想刻意迴避。

未來她到底是怎麼看時予的？

我們各自到底都看到了什麼樣的時予？

星期三是球隊留校練習。

星期二四是數學課可以好好坐著聽，星期一是要一面擦黑板的物裡課，星期六是課後需要幫忙將作業答案抄在黑板的英文課。

他很忙，忙得很疲憊認命，只是為什麼身後跟了一條小尾巴？

「倪允璨。」

「在。」

扶了額頭，刻意冷淡的目光觸及她閃亮如星的雙眼，決絕驅趕的話默默吞了回去，帶著自暴自棄的包容，拿她沒轍。

說來有些鬱悶，卻又忍不住抿了唇。

愛面子的時予斂下眼瞼，總是覺得不自在。

「妳幹麼老是跟著我？」

「我們是朋友呀。」晶瑩的眼光裡滿滿的誠摯，她擱下手邊的英文雜誌。「你有趣所以我跟著你玩呀。」

他睨了她一眼，揭穿她心口不一。「妳不是說我啞巴？」

她就是識大體，善解人意，是那貼心小棉襖。

比起自己待的九樓補習班，倪允璨出現在七樓的頻率更高，許多老師都感到混亂，畢竟幾百個學生不可能全部記住。

倪允璨眨眨眼睛，又是天真無害的笑顏。

「沒關係啊，我不嫌棄啊，我負責說話，你負責準備巧克力牛奶。」

聞言，手一頓，任何眼神都不願意施捨了。他逕自抱著一疊作業走到旁邊，必須趕在下半堂課程結束前更正好自己的答案。

倪允璨不氣餒，再接再厲，「哎，又要到你要寫答案的時間了嗎？這補習班也奇怪，為什麼不要直接印成只發下去就好？」

「紙跟墨水都要錢。」

她一愣，是個好理由。「補習班不缺這些錢吧。」

聽說各校的學生會都會請補習班幫忙印活動廣告單。

「不缺也不會想要多花。」

似懂非懂的點點頭，估計是文章煩了，倪允璨顯得耐不住無聊，在時予身邊張望，不時要推推他的手、掀掀他的講義。

時予拎起她的手臂，聲音沒有起伏，「倪允璨妳過動嗎？」

「我沒事做啊。」長長哀號一聲，托著下巴望著男生。「而且你這動作跟夏辰閔好像。」

嫌棄的表情也很像。

笑盈盈的一雙月牙眼招搖著，夾邊深深陷下一對梨渦，時予呆了半秒，還沒習慣這道陽光，匆匆偏過頭，斂下所有神色。

沒得到及時回應，倪允璨又開始翻閱他的筆記。

被他一手壓下。「無聊就回去。」他想了想，「反正妳也不是這個補習班的。」

「你還說，是你自己不要我一起來的，一個人補習多沒勁。」

「補習班是學習的，妳當聯誼場合？」

「一個熟識的人都沒有很孤單啊。」軟軟的聲音像是初醒的貓，特別慵懶撒嬌。

他眉目一動，沉沉的聲音降了下來，「妳的青梅竹馬沒跟妳一起？」

似乎沒預測到他會提起夏辰閔，一時間沒有反應過來，這樣些微的時距，足夠讓時予放棄等候答案，收回難辨的幽暗目光，他走開到櫃檯內放置資料。

倪允璨下意識要跟進，發現是非工作人員請勿進入的空間，連忙止步。

不明白他怎麼突然說走就走……不對，他根本沒說話，話題斷軌。

她懵懂地扯扯髮尾，「他腦子好，不用補習。」扁嘴，補述一句，「他文科不好，只能意會不能言傳的東西，補習也沒用。」

他依舊保持沉默，持態度保留。

「我的意思不是你不夠聰明啦……怎麼說你也是語文資優的一班。」

「倪允璨。」

「在。」倏地立正站好，右手舉到一半高。

「閉嘴。」

狠狠一嗆，著實想不到冷淡面癱的男生會讓她閉嘴，故作鎮定嚴肅的語氣，似乎也不熟悉這樣的語句。

不自在的目光晃向他處，時予抬手輕輕摸了浮起粉紅的耳根。

微微仰著臉瞅著男生的側臉，忍了忍，沒忍住，這世界上真的還沒有出現讓她乖乖聽話超過一分鐘的人。

「哎，時予。」

冷漠無聲。

「聽我說話呀，我就再說一句。」張開手指去拽他的衣袖，緊緊攥好，他呼吸一沉，身體僵了僵，沒敢有多餘的動作。倪允璨毫無察覺。「你是不是很在意我和夏辰閔的關係？」

「……妳說……」

「別傷心，雖然我跟他一根毛關係也沒有，可是也輪不上你。」

時予呆滯的神情越發呆滯，彷彿輕輕一碰，就要風化。

倪允璨沉痛拍拍他的肩，一字一句清晰可聞，「他已經跟夏陽男神山盟海誓了。」

話落，倒是自己笑倒回椅子上。

♥

於是，倪允璨接下了時予交代的作業。

為了堵住倪允璨的嘴，除去指派任務給她，別無他法。

幾乎耗掉半條命才寫好物理習題，就算遇上不會做的題目，也必須寫出或畫出輔助的解析圖，讓他知道她理解到哪。

作為學習交換，倪允璨負責他的英文文法釐清，偶爾也要改改他的作文和句子。

這種微妙的相處模式，夏辰閔神色難辨，卻也沒有多說什麼，上學期還吵吵鬧鬧一起回家的兩人，都各自有了另一圈生活，不是故意的疏遠，像自然而然，不再如過去一樣繞著彼此打轉。

顏汐是不動如山，低頭認真刷著動態，隨意接口：「果然是青梅竹馬，連壞掉也是一起壞掉，一個超級討厭讀書的人開起讀書會，一個超級懶惰的人開始幫忙打工。」

夏辰閔氣笑，「關妳什麼事。」

聳聳肩不跟他計較，顏汐見識過夏陽男神的冷漠，夏辰閔還只是小新手。她維持驕傲及冷靜，雖然她在校園內算上默認校花，終究比不上男生能輕鬆看淡這樣的吹捧與聚焦。

「阿姨生病，叔叔的情緒還好吧？」

「多謝惦記。」

倪允璨蹙眉，「你幹麼講話那麼酸？吃檸檬啊。」

他不答反問：「上次被妳拖走的就是時予？」

「啊？什麼時候？」

「……馬路上拉妳一把的。」

「呃，如果是時予的話，機率滿高的，他還滿常解救我的。」撓撓頭，露出迷糊的神情。

遭到嚴厲的責備眼神，倪允璨立刻正襟危坐，十足的討巧。小學時候走平衡木就八成失敗，沒有道理走在街上可以乖巧沿著直線。

只是似乎沒有用，倪允璨轉轉眼珠，連忙扯上鑽進腦海的事情。「你說你順路誘拐臨校女孩子的那次嗎？」

驀地神色一鬆，陰沉的神色無法延續，夏辰閔抿了唇。見此，倪允璨更加賣力將話鋒轉向那個女孩子。

她語帶遺憾，「哎，有機會一定要跟她好好聊，怎麼這麼想不開看上我們夏辰閔呢。」

完全選擇性忽視自己也曾栽在夏辰閔身上。

「妳少跟其他人一樣說無聊的八卦。」向來灑脫淡然的語氣有些跑調。

倪允璨抓住他眼裡的異色，漾起大大的笑容，宛若窗外明豔的陽光。

「裝什麼，她都給你送愛心早餐，我沒記錯的話你明明不太吃早餐，嘖嘖，早戀的孩子們啊。」

「倪允璨妳腦袋是有多大的洞？」

「沒，腦子伶俐著，而且！你上次居然還把她的早餐扔給我，我沒拉肚子是依靠人品啊！」

瞪著夏辰閔迷惑的眼光，倪允璨恨鐵不成鋼的揍了他的肩膀。

這個人的木頭程度大概只差時予一點點，半斤八兩。

「人家準備得多辛苦，你收就算了，轉手送人算什麼。」

他壓壓眉心，「誰讓妳睡過頭沒買早餐。」

「我胃穿孔也不能多吃別人的心意好嗎！」

「別亂說話。」真想把她的嘴堵上。

每次都警告不聽，順口都是詛咒自己的話。

爭執都不能跟他搭上相同頻率。不知道是不是有心撇清，倪允璨不再對著夏辰閔發些小脾氣和任性，那些以往視為理所當然的照顧她都緩緩推開。

「小孩，有件事要跟妳確認。」

有過手機震動引發的慘劇，倪允璨習慣設定成完全靜音模式，直到自習課結束才看到消失有一段時間人類的訊息。

她將下節課要收的作業推到夏辰閔桌位，打個招呼便躲到坐式的殘障廁所，跟未來的友善溝通搞得像間諜的通訊，叛國的錯覺。

低頭，發現隨意發出的「說吧」已經得到回應。看來真的很重要緊急，可以想像握著手機深怕錯過回信。

「妳見過時予的媽媽嗎？」

「啊？當然沒有啊，我們是什麼可以見家長的關係嗎！妳沒睡醒嗎！」

「那他有提起過他的媽媽嗎？」

「他看起來像是這種人嗎？」真的覺得未來很不對勁。時予能聽我抱怨母后大人都是奇蹟了，強求什麼。

「也是……他又沒有喜歡妳。」

這話聽來，略帶輕視。倪允瑹瞬間炸毛，什麼話，講得好像她很不招人喜歡！她也是有人追的，是吧、應該吧。

倪允瑹努嘴，心裡不甘心，認真較勁。「難道他就喜歡妳了？未來的事還不是都給妳亂說，我又不知道。」

未來沒有如預想的繼續喜歡不喜歡的爭論。只是，接二連三丟出驚心動魄的事情，每個輕盈的字背後彷彿都承載另一種複雜沉重的力量與心情。

倪允瑹後背抵著磁磚牆不動，冰涼的觸覺讓她顫了顫。

「我的世界好像被改變了。」

「可是不能知道是妳最近做了什麼、或是妳更之前做了什麼，所以改變我這邊原本的真相。」

倪允瑹有點風中凌亂，「會不會有另一種可能，是其他的倪允瑹改變的，而我是妳的平行時空？」

她還在掙扎。

如果她真的是未來的過去，她會不知道怎麼向前，不知道怎麼處理她和時予。

「不太可能了，妳跟我的經歷從妳說的十歲那場車禍開始不一樣，除此沒有什麼太大變化，妳說的很多不一樣，也是從升上高二開始，我在想，會不會是因為時間逼近妳要跟時予相遇？」

「我怎麼知道……」

「我現在是這樣想的，如果那場車禍跟時予有關呢？應該說，跟時予媽媽有關呢？」

「等等，所以整個時空異變不是只有我和時予的事？還有其他人？」

「有道理吧，你們身邊的人都有可能是因子。」倪允璨頭疼，未來可沒有要放過她。「如果那場車禍時予媽媽在場的話，就代表那場車禍挽救的不只是爸媽的關係，還有時予媽媽。」

「妳說他媽媽在場的意思是……他媽媽是肇事者？」

「妳不是說過肇事者是中年男子？在場的意思，是在車禍現場的路人或之後在醫院路過的路人。」

「為什麼連這種路人的角色都影響到？」這關聯性很玄。

倪允璨忍不住要佩服未來的想像力和創造力。

「不然解釋不了在我的世界，時予媽媽死而復生這件事。」

死而復生。

救活一個人好像是件值得歡欣鼓舞的事，但是，不是既定的腳色，也不知道怎麼誤打誤撞的，甚至，沒有人保證不會再因為變動喪生。

所以說，上帝估計是看她最近的日子順風順水，硬是伸腿給她用力一絆。

跌一個趔趄，還沒有人可以哭訴。

總會好起來的、會慢慢好的、你還好嗎。

可是，好的定義到底是什麼呢。

是她沒心沒肺的笑著、是她依然任性故我的流浪、是她好像仍然堅持夢想，還是，她還努力理解努力付出溫暖

可是，她又該拿那些偶爾冒出頭的焦慮悲傷鬱悶怎麼辦？

究竟好起來了沒有呢。

那種感覺是很難形容的。

她像是被壓在恐懼焦慮底下，征服像是要她站得比它高去支配它，但是她想，她只要能跟它並肩同行就好。

二十五歲了，下下個月便二十六歲。

她卻不知道該怎麼將日子過好，不知道怎麼對自己好，因為那些想要照顧自己的人都被推開，因為他們都不是時予。

她從來沒有這麼逼不得已去認清這個事實，她忘不掉時予，任何帶著企圖接近的男生都會被毫

不留情推拒，不論好意惡意。

就算遭到批評冷感、不識好歹也無所謂。

手機裡的提醒事項跳了出來，跟時予道別。

原來不是淡忘，而是，有些散落在日常細微末節的美好溫暖，有些沉埋在人們諱莫如深的悲傷劇痛，總要回到當初的城市、當初的街區，或是，回到他長住的風景，才會迅速接枝重活。

掃墓兩個字中就是太過殘忍，隨便會將人劃傷。

當二十五歲倪允璨來到潔白寧靜的墓園，鬱鬱蒼蒼的深樹在遠方佇立，綿延在地面叢生的雜草隨風搖曳，刷刷的摩擦聲成為唯一細響。

儘管一年只有這一天能鼓足所有勇氣站在這裡，每一條泥濘的路，小小的拐彎都十分清楚。

猛地頓足，遙遙望著已經擺上花的墓碑前緣，廣闊的地域風格外喧囂，呼啦啦經過她純淨的裙襬。

「妳是……璨璨？」

回首，灰白頭髮的女人踩在隔著一步的距離，身形不正常的消瘦，眼眶微凹，失去血色的唇顫抖，僅僅身穿一件單薄的衣衫。

倪允璨瞳孔微縮，開口的嗓音已經沙啞，「阿姨……」

女人沒有讀出的她驚恐的意義，只是認為她觸景傷情。

眼淚卻快過思緒，啪塌掉落，眼前忽然一片漆黑，強烈的暈眩，倪允璨踉蹌的矮下身子，過度換氣讓她難受的壓著胸口。

從黑暗中破穎而出的是，可以改變的、過去可以被改變。

♥

倪允璨一個人躲到八班教室外的長木桌吃飯。

所屬班裡在播映很流行的犯罪心理的推理劇，身為福爾摩斯忠實迷，她早在影集首播當日，拚著沒有字幕的痛苦，花費多上一倍的時間將它看懂，劇情能說是倒背如流，忍著不劇透太為難她。

捧著鐵餐盒，使著蹩腳的拿法挑三揀四地擺弄幾朵花椰菜，呆滯的目光延伸到遠方，方形窗外的視野飛進幾隻灰鴿子，拍拍翅膀，無所事事。

忽地，男生清朗好聽的聲息隨意自高處壓下來，夾帶溫和的親近，女生後知後覺地仰首，幾縷碎髮遮向眉眼，乍看挺狼狽迷糊，他深黑的眸子溢出不意外的笑意。

「幹麼在這裡耍邊緣？」

「唔、就，沒朋友啊，可憐吧。」輕快上揚的語調分明和語句裡的淒楚不搭襯。嘟囔著，又塞一葉青菜到嘴巴，女生重新看向他。「你吃飽了？」

他挑了眉，眸光微動，沒有即時開口。倪允璨不經意的問候關心，時予聽來總是彆扭害臊，他無法揣踱出女生的心境，認真看進她清澈的眼底，綿軟的情意浮浮，與她一貫沒心沒肺的笑容不相符合。

時予有點懵懂是不是反射他自己不可覺察的好感。
又或者、他看見的是自己愛情模糊的倒影。
女生半晌沒等到他回復，撇撇嘴，這個人又在耍高傲。她默默進食，做好無視他的決心。男生發覺錯過應答的時機，自己老是在她面前走神怪彆扭的，他輕咳聲，瞄見時間許可，調整閒適的站姿，大有不動如山的錯覺。
「妳吃素食？」她的餐盒裡盡是蔬菜，淹沒白米飯。
「沒有哇，哦、因為我們班早上有體育課，一群餓死鬼居然把雞腿吃完了，我清點收拾好器材回來，只剩青菜，淒涼。」
他蹙眉，有點無奈。「妳沒讓朋友先幫妳盛飯？」
「有啊，可是顏汐很控制飲食，她不愛吃肉，當然沒幫我加入爭奪。」
「還要吃嗎？」
「哈啊？」
男生直接朝她伸手，眼神示意著她捧在手中的便當盒。「我去拿我們班的給妳，一定還有剩下。」話音未落，染上十分笑意。
倪允璨突然兩眼亮起的光芒，自喧騰中破出一抹讓人移不開關注的清澈溫暖，彷彿成為校園裡靜好的風景。
高高勾起的唇角沒放下，轉身遠去，再重新來到倪允璨身邊，將裝著滷製雞腿的飯盒擱在桌上，他敲敲桌面，拉回她的神思。

連忙奪過，利用非常不雅的狼吞虎嚥遮掩自己的失常。頂著他若有所思的凝視，總是有股被看穿的芒刺感，這不是很好的開展。時空對話在別人眼裡看來興許只是天馬行空的妄想，還有，誰能接受被幻想死亡的是自己？

斟酌再三，倪允璨終究決定不好告訴他實情，再說，要是兩人攪得事情天翻地覆，最後發現不過是平行時空裡理論的運作，太折騰。

腦筋轉動得勤奮，啃食雞腿的手速卻沒有遞減，男生露出縱容的暖心微笑，望著她很不淑女的姿態，忍不住發笑。嘴下的嫌棄卻與笑顏截然不同。

「那麼鹹，不入味，才不好吃。」

「唔、你這個人怎麼這麼難養。」口齒不清的應答，嘴唇覆上一層油亮。她認真盯著他。「營養午餐不就是吃到飽的概念嗎？不能浪費。」

他啼笑皆非。「真是俗氣的想法。」慢慢落定她的對座，聊起生活鎖事，他不想打住兩人悠閒的時光。

更多相處的時間是在補習班度過。

時予特別理解畢業的學長說過討厭打工的時候被探班，不光是單純多一位客人，事實上因為介意自己的忙碌和禮貌會成為一種卑微。

有人說那是不夠敬業、有人說那是不夠以自己的工作為榮，畢竟誰願意永遠打著零工。

男生不外乎期望能留下美好的印象。

只是面對那樣古怪纏人、那樣溫暖開朗的倪允璨，他做不到斷然拒絕。

「所以說，你是因為小時候就幫忙家裡煮飯呀？」兩人的思緒經常沒有穩穩接上。

「嗯，我媽之前身體不好。」

「你媽……生病？」

「哦嗯，有一次差點中風，好險及時發現和送醫。」

倪允璨眸光一閃，湊得近一些，「那你媽媽現在身體還好嗎？」

「……妳關心我媽幹麼？」

「哎呀，你不要懷疑好人呀，我這是民胞物與的精神，跟周公下棋的時候他告訴我的。」

聞言，時予沉黑的眼底漫起輕快的笑意，倪允璨彎著笑眼，笑得像個傻子。

原本也不是懷疑她的目的，好似觸及家庭、觸及隱私，他繃緊神經，從未向任何人透露，從未主動提起。

刺蝟一樣的一個人扛著委屈和辛苦。

「一心二用挺厲害的，一邊睡覺還能一邊聽課。」

她可得意，「那當然。」

已經過了濕熱難耐的颱風旺季。

不過，面對依舊飄起雨的天氣，倪允璨瞪著窗外許久，甚至忽視講堂的老師還在滔滔不絕，原本在抄寫左邊小白板上作業考試列項的手，不自覺停頓。

上午還艷陽高照，下午的傾盆大雨簡直是系統bug。

重新伸手到書包與抽屜裡折騰，沒有摸到任何折疊傘的身形，頹然地扯扯頭髮，又再次嘆息。

「璨璨，就算明天考試多，妳也不用嘆氣成這樣吧，歎一口氣會老十歲。」

要是平常，倪允璨肯定會誇張地大吸一口氣，調皮又不優雅，與顏汐笑鬧，只是她現在憂愁。

她看了錶。「妳說這雨，三分鐘後能停嗎？」

一臉真誠的傻模樣。

倪允璨在心裡醞釀千百次的說法，揉了揉鼻子，側頭偷偷瞄了男生，她必須在下條街前說出口。

原先打定主意纏著青梅竹馬送她回家，氣勢恢弘，經過穿堂遇到時予，正要貓著腰落跑，沒料到下秒打個照面，她當下面色僵硬，衝著男生呵呵直笑。

時予撐開黑色的傘，揚眉。「沒帶傘？一起走，我送妳。」聲音清清涼涼，混著雨聲依然清楚好聽。

事出突然，她啞口無言，眨眨眼睛，輕易被他的話牽著鼻子走，邁開步子要追上他，手指忽然拽了他的衣角。男生順勢慢下速度，低頭抿起唇角。

「那個、我要在下個路口左轉，忘記今天要去補習班補考了。」女生仰面看著他，有些躊躇。

「我跑一段路就到了，你直接回家吧。」

時予家與倪允璨是同個鄰里，但是是比她距離學校更遠些，要是不用補習，他確實可以送她回家，完全不耗費時間。

移動傘面，蹙著眉瞧雨勢，男生聲線冷硬幾分，漆黑的眸子裡透出一股固執。「我送妳，這種雨淋個五分鐘就會感冒。」

「不用不用，你今天不是不用進補習班？不是要回去給你媽煮飯嗎？我這麼壯，三天兩頭都淋雨也沒有感冒，沒事的。」

記得未來提過按照原劇情，時予的母親明年會因為重病過世，在那麼兵荒馬亂的升學時候失去親愛的家人，她不敢想像他抱著什麼樣的心情振作。

此時此刻的易變不知道會不會再被竄改，所以，她不能浪費任何一點時予能和母親相處的時間。

果然說到他的點，時予掙扎半刻。兩人過了馬路、停歇在騎樓，他將傘塞進女生掌心，迫使她攥緊。

「給妳撐著傘去補習班。」

「那你怎麼辦？你別淋雨啊。」

「我還有一把摺疊傘在書包。」他甩了後背包到前頭顯擺。

倪允璨一愣。「那你剛剛幹麼不拿出來！我們可以各撐一把啊。」

沒有做好後設回答，僅是自然脫口而出的疑問，以致從雨中竄出的聲息響起，不分好壞，落到心口，都蕩起輕淺的漣漪。

確實在他的眼瞳裡，看見自己的倒影。

「想幫妳撐傘，不行？」

♥

窗外天氣放晴，風和日暖的光景象剪裁合宜布料，替鑲在壁面的窗做了布景。是大好的陽光，女生卻沒有開心起來，若是綿綿雨天，反而可以幫忙自己的煩躁與鬱悶找個理由塘塞。

倪允璨咬著筷子，迷茫的眼光凝在晨間新聞的播放，惺忪的睡眼約莫沒將任何一則播報看進眼底。倪母進出身後的廚房，規律的腳步聲忽遠忽近。

猝然喊住母親。聞聲，一面訝異女兒破天荒沒到火燒眉毛的時刻起床，瞧見她安坐在餐桌前吞嚥蘿蔔糕，倪母回不過神，停下腳步、覷她一眼，執起牛奶添進她空蕩的玻璃杯。

「怎麼了？沒睡好？不要因為要期中了就想偷懶啊。」

「誰要偷懶了！想請假我現在才不會捨得離開床！」

倪母略有同感，女生顯然神情便鬱鬱了。擺放好其他餐食，倪母見她魂不守舍，繼而掀起帶著揶揄的笑。「這是怎麼回事？一大早就奇奇怪怪的。」

女生振作了精神，抬起眼瞼，露出特別誠摯的表情。倪母飛快與放下報紙的倪父交換眼神，建立堅強心理準備，女兒偶爾犯抽，他們洗耳恭聽她的語出驚人。

「老爸你之前跟媽談戀愛時，會喜歡幫媽下雨天撐傘嗎？」

「病假？」

給走廊更換教室的洶湧人潮讓了路，趴在窗沿的倪允璨微愣，下意識重複一次李哲佑話語裡頭的貓膩。分貝在靜謐的早自習時間顯然突兀巨大，男生內心有點無力。

「是啊，班導師是這樣說的，我剛剛去足球隊幫他請假，差點被他們教練的眼神殺死，說什麼比賽在即還偷懶，時予很冤枉，但是我才是池魚之殃，早知道妳會來問，就讓妳這個球經報告了。」

充耳不聞李哲佑的碎念抱怨，倪允璨歪過頭思索，記憶倒轉至昨天男生背對著要離開的身影，同時耳邊迴盪他說過的話。

感冒了？怎麼會感冒了？不是說有另一把傘，難道沒淋雨也會生病？

她努努嘴，免疫力太不行了。

兀自鄙視男生的健康狀況，一面站直懶散的身體，倪允璨放任李哲佑逕自哀嘆淒涼身世，見他戲癮發作，不好狠心打斷。正要舉步離開，踟躕片刻，她咬咬牙，驀然回首，帶著破罐子破摔的勇氣。

李哲佑眸光一縮，警惕盯著她。

「幹麼？」

「你知道、時予住在十二街的幾號嗎？」

不合常理是因為罕見少有，那麼，如果一次兩次的疊加，有天也能成為慣例。儘管無數次懊惱行為動作快過理性思考，她依舊拗不過未來的請託，到如今，分不清究竟是出於內心的願望，還是單是未來的任性。

至少，如此少女的探望挺不像倪允璨會做的事。

但是，一而再的牽扯本該結束於當初意外的相識，就此懷抱歉意與尷尬的沒了聯絡，沒有後話、沒有交集。自從開啟時空對話，抑或是因果的必然，這個男生頻繁出現在自己的高中生活。她踩著底線奪門而出，遇上他緩步路過；她站在早餐店門口打瞌睡，會被他推下額頭；她埋頭在教室課文罰寫，他會默不吭聲仿著她的字體代筆，一切的一切，要耀眼溫暖勝過她對青春對愛情的想像。

太危險。

沒有清楚探知未來與男生的關係，倪允璨任性的對這份輕淺的心意裝傻，小心眼地定義這份微恙無非是忠人囑咐。

門口張望不下五次，舊式的小公寓、沒有警衛、羅列而下的門鈴卻因為歲月痕跡，斑駁得辨不清號碼。倪允璨有些傷神，撓撓頭，陷入是不是要打道回府的掙扎，可是，瞥見自己手提的熱桔茶，不甘心白跑一趟。

四十分鐘過去，沒有等到任何住戶進出，倪允璨開始懷疑該不會給李哲佑坑了。大幅度挪動身體，抽抽冷空氣，無聲哀叫著痠麻的雙腿，正僵著不自然的姿勢，大門忽然喀地開啟。

是時予。

四目相對。

放在握把上的手指微顫，黑色的口罩襯得他部分面色更加蒼白，混濁虛弱的氣息包圍著病態，淺短的黑髮凌亂，有著似乎長久臥躺的壓痕，稍稍瞇起的眼睛同樣能猜測是不適應光線的反射。

她在打量他的同時，他也一瞬不瞬盯著她，她腦子裡翻轉跑馬很多想法與臆測，反觀，男生腦筋打上死結，眸光怔然。

「呃、聽說你生病了，我來探病。」

時予很慶幸是她率先開口，免除他撲湧上來的尷尬扭捏，恰好順著話題。「哦，是阿佑告訴妳的。」

「對，我問他的，因為要還你傘，可是等了三節下課，發現你沒來學校，抓了李哲佑問話了。」說著忍不住笑起來，她回憶起李哲佑的幽怨。「他怨念很深，好像是被教練遷怒了。」

「嗯，他比較玻璃心。」於他們而言，招教練責難是家常便飯。

「可以感覺他長著一顆少女心。啊、這個給你，不知道你有沒有喉嚨痛，可是喝桔茶怎麼樣都是好的。」

時予澈底一愣，失了反應與聲音，被倪允璨強勢直拗而來的手攥住，直到指間傳來塑膠袋的觸感，下意識出力緊握，抬眸便撞上她眼底的真誠釋然。光線斑斕，落在她的眉眼，撩起的是難以言喻的美好。

眼見時予好好收下關心，她沒顯露的是實打的緊張，腦一熱就衝到男生家門口噓寒問暖，被拒絕是她預設好最好的打算，幸好，這個人生了病，沉默拒絕的功力下降不少，溫柔安順許多。

他眨眨眼睛，掩飾逐漸暈開的不自然。「謝謝。」

「你現在要出門嗎？買晚餐？我幫你去吧，病人就是要好好休息啊。」

「……不用，我自己能去。」

預期之內的推卻，倪允璨不屈不撓。

這個人要是昏倒在馬路上，她可能就確實改變他的未來了，從十八歲逝世變成十七歲，怎麼看都算上天妒英才的早逝，大災難。

「那一起去啊，我媽今天社區大學有課，我爸出差，所以我今天晚餐沒有著落。」

「我是要去市場，我不喜歡吃外食。」嗓音有些沉，約莫是感冒的影響，他整個人昏暗許多。

拉高外套的領子，準備繞開倪允璨。

「唔、我也去！你是病人，我可以幫你提東西，而且，市場對面有一家咖哩飯很好吃，我可以順便買。」

「我是病人，不是廢人。」

這麼說也是，他又不是什麼玻璃，她幹什麼悉心呵護著怕他碎。可是白浪費她難能可貴的古道熱腸。

未來的遭遇被形容得歷歷在目，沒人能夠知道死亡會不會提前來到，倪允璨說服不了自己放心離開。

「客氣什麼！切，在足球隊時明明又不是這樣，老是排除萬難奴役我，現在該依靠別人的時後又愛裝逼。」

「……妳好像對我很不滿。」他幽幽開口。倪允璨霎時被他虛弱的委屈語氣震懾，愣愣對上他眼底沉潛的情緒，噎得無語。

迅速轉開目光，有點遲，她不自在地摸摸後頸。「沒有不滿……」

因為不自覺扭開頭，錯過男生黑子眸子中一閃即逝的綿軟情意。清澈又懵懂。他不輕不重地咳嗽，極力忽視面頰逐漸發燙。

神經大條的倪允璨馬上別開話題。「你看你看！咳嗽了、臉色還一下白一下紅，肯定還沒完全退燒，你要買什麼菜我幫你買啊，我……」

「倪允璨。」

「……哈啊？」

男生抿了唇，兩條濃淡合宜的眉輕擰。「妳好像從來沒有叫過我的名字。」居然是略帶控訴的口吻。

說起彆扭，倪允璨不惶多讓。

愉快、憤怒、煩悶、厭惡、欣羡，這些都可以對著任何人表達。唯獨面對眼前這個男生，她時常不經意有所保留，她不知道當初的未來有沒有這般矛盾的心情，只是她逐漸意識到自己的不坦率，或許，與預知時予的死亡無關。

時予在倪允璨心裡的定位與份量，並不是能容易計算出的物理量。

一陣風捲走他們之間的凝滯。

餘下女生不可思議的溫情柔軟。

「時予，別逞強。」

很久的後來才發現被套路了。

妥妥的被拐，時予撒起嬌來是驚為天人，誰說她沒有喊過她的名字！

徹徹底底的汙蔑。

反射弧這麼長是前所未見了，她低著頭感嘆，自然錯過身邊的人抿起唇抑制不住微笑。

傍晚餘暉下的微風將兩人並肩行走的畫面都吹柔了。

♥

「倪允璨，妳那邊過得怎麼樣？」

已經對鬧失蹤的未來那位不抱希望，突如其來出現就丟出這麼感人的問候，她驚奇。

倪允璨躺在床上裝死，打滾好一會兒，慢吞吞給她回了信息。「扣除掉等待期中考成績的心驚膽戰，可以說是一片祥和、風和日麗、太平盛世。」

「可是，我這裡有點奇怪，不知道是不是我多心。」

「說來聽聽啊。」

「我前天上妝時照鏡子，發現眉角的一個傷疤居然莫名其妙消失了，那時候趕著出門沒有多留意，剛剛想起來再檢查一次，確定完全看不見了。」

看著天花板翻了個大白眼，倪允璨從前怎麼會認為二十五歲的她有長點腦子和理智呢？這芝麻綠豆的小事值得她大驚小怪。

難不成她長大後是靠臉吃飯的職業呀？演員、歌手、模特什麼的，爭氣得不得了。

壓下醞釀好的憐憫，總是自己人，不能太無情，她還是打起精神鼓勵上班上到壞腦子的未來。

「很好啊，是一件好事，越活越美麗。」

未來那位可激動了，鍵入的字句充滿滔天的鄙夷。對十七歲的倪允璨絕望又不忍直視。「要是這麼簡單我用得著告訴妳嗎！」

「那是手術縫針後留下的傷疤，我沒再去動什麼除疤，也沒有什麼神丹妙藥可以擦，能憑空消失不覺得太奇怪了嗎！」

「的確很奇怪，但是又怎樣？至少是變美不是變醜啊。」漫不經心地揉揉眼睛，倪允璨抱著棉被縮著頭，假日的腦袋不管用，跟糨糊一樣。

「妳這個人積極點啊，腦子跟著放假了是嗎！」

倒是對年少的自己深有了解。

信息量忽然如同潰堤的水洶湧進來，拽回一點危機意識。

「那個傷疤是我在聽見時予過世的時候，因為當時血糖不足、貧血、休克，暈倒撞上地板留下的。」

「這個傷疤確實與時予的生死有點關聯，畢竟發生在他死後，也是因為他的死而造就，然後、現在這個傷疤消失不見，是不是可以大膽假設我們是在時間軸的前後、而妳是可以影響未來？」

「我們是不是可以合理推論，時予的死可以被阻止？」

……她怎麼沒有想到！她當然不會想到！

誰知道她還帶著因為時予死亡導致的生理傷口！

在心裡歇斯底里為自己申辯，倪允璨總算坐起身子，苦惱地對應話題。這一切突來的轉變簡直要殺光她的腦細胞，煩惱接踵而來，沒打算讓人喘一口氣。

忍不住哀嘆這世界一定是個困難模式。

「妳可以大膽假設，問題是我們要怎麼小心求證？」

「妳可以回想妳最近有沒有做了驚天地泣鬼神的舉動，最好是和時予有關的，之後順著這個方向摸索，未必不能發現一些契機，或做出更大的影響。」

驚天地泣鬼神？「……留在他家吃飯，只有我和他，算嗎？」

記憶回到那天的延續。

倪允璨起初挺能鬧騰的，天花亂墜的搭唱著，全是為了消滅尷尬的沉默，但是當她暴露對家常蔬菜的無知，惹來男生無言的凝眉，只好乖乖閉上嘴巴，當起小跟班，免得無意間又把他氣病了。

每當大嬸大伯們要遞過裝袋的蔬菜，女生一馬當先搶進手裡，笑咪咪盯著男生眼神裡的愕然，努著嘴示意他趕緊付錢，猛一看頗有默契。

儘管手臂真的有些痠疼，她仍然用浮誇的笑容掩埋這份不適。

「倪允璨妳能不能不要那麼過動？」男生終於沒忍住。

這是他第二次用過動症來形容她。

低沉的嗓音裡流洩著近似寵溺的無奈，他抬手揉揉她的頭髮，一時忘了這個動作有多少親暱意味。

時予的母親留下一張紙條說明自己到醫院去例行檢查，電鍋裡熱好的隔夜菜已經用畢，飯鍋裡的米飯也吃掉三分之一，爐子上燉得香味四溢的梅干爌肉變得溫涼。時予走一遭廚房，重新回到客廳。

站到倪允璨面前。「留下來吃飯。」

「哈啊？」

「讓妳知道什麼叫做好吃。」

第三章

在真正愛上誰之前，我也沒想過，自己可能如此愛哭，如此軟弱，就為了一個人。

——Kaoru

♥

倪允璨這種混吃還見光死的臭脾氣，運動會和園遊會都跟她沾不上邊。只是在未來的拜託壓力底下，去看了時予比賽。

忍受著長袖外套黏貼著流汗手臂的難受，倪允璨沿途不斷跟夏辰閔抱怨，「你們學生會有病呀，運動會都一大堆比賽項目了，你們園遊會還辦什麼體育季！」

「妳問學校裡的其他人。」身為活動長，夏辰閔也不是對每個任務都十分滿意，眉頭沒鬆。「十月就發下問卷讓你們決定，一堆人棄票，票數全落在動漫中毒的人。」

「……那其實直接把運動會改名成體育季不就可以？」

夏辰閔面無表情，「因為第二名是女僕執事角色扮演咖啡廳。」

於是，倪允璨理解又沉痛的點頭。

兩人並肩行走，過境過分嘈雜的歡騰喧嘩，沒將那些熱烈夾帶上身，快步經過、幾個拐彎，已經將尖銳及浮燥落在遙遠之外。

她歪過頭，突發奇想。「男神不是在數理培訓營有修程式設計嗎？」

「妳又知道了？」

「校版上的熱門呀，男神光榮事蹟。」擺擺手，她語速極快，直奔主題。「那竄改投票結果，只是幾分鐘的事吧？」

此刻提起來是於事無補，但是，難保未來不會再有這樣的人間慘劇。

夏辰閔一愣，沒料到眼前的少女腦動開得那麼大，也可以說是無所不用其極了，指尖無奈撓撓眉尾，好氣又好笑。

他推了下她的額頭，原本瀰漫在眉間得焦急鬆了些，「妳少做點夢吧。」

她踩碎了一片枯黃的落葉。

總是需要一道推手讓他們發現兩人之間不再一如往昔。僅是一個微小的觸動，就足夠。

他默默收回手，她也在一瞬的僵硬過後恢復欠扁的笑容。

「知道自己不能動手動腳了吧？」不等他發出駁語，她繼續彎唇，「趕快去敷衍你的工作，清華少女痴痴等你呢。」

盯著倪允璨的笑顏，以及心不在焉的目光。夏辰閔驀地釋然。

他再清楚不過。她的視線越過人群鑽動、掠過近在眼前的他，與另一個男生四目相交。

別後再見，他依舊是夏辰閔，她依舊是倪允璨。失去對方陪伴支持的日子時而慌忙不安，時而疙瘩難耐，過去了，也回不去了。

錯過是悄聲無息的，沒有味道，輕易被淡忘的是他的懷抱、她的手溫，最後剩下瑣碎的美好及爭吵。

該慶幸，他們沒有人在書中見過那樣的一句話：「單戀有什麼好怕的？這麼多年早想開了。可怕的是多年以後驀然回首，有人告訴你——你們原本可以在一起。」

終有一天他們會明白，無論重新多少回，倪允璨與夏辰閔仍然會無疾而終，因為，沒有人願意先跨出一步。

時光緩緩鋪往未來，他們終究要面對當年的錯過。

一波未平，一波又起，日子焦頭爛額。

唯一令倪允璨寬慰的是她的成績排上理科榜前五十名。

沒將物理考爆，經過物理老師帶的數資班，走路都有風。

讓她驚愕的是夏辰閔的成績，她知道他國文社會科成績不夠看，卻不知道他的其他分數夠甩別人好幾條街。

「你不是國文歷史不好？」瞪著他逼近八十分的成績單。

這種差勁的程度太不讓人活。

顏汐一面補著潤色護唇膏，倒是一針見血，「學霸的標準妳不能想像。」

「我靠，也是……不對，你這成績怎麼可能沒進數資班？」

理科榜前十五名，全校排名前五十名的成績，沒道理會從七班落榜。

平時後知後覺，關鍵時刻智商有上線。

中午是學生會的例行會議，失去午睡時間，夏辰閔腦袋昏沉，換了姿勢，順勢要打混略過疑問。

迷糊的嗓音聽起來有點混沌，「填錯卡了吧。」

將信將疑，倪允璨正愁閒得慌，要不依不撓耍賴，眼神一晃，擱置在桌面的手機畫面突然亮起，刷進了信息。

未來老是帶來壞消息。「我和時予的媽媽聯絡上了。」下一句便天翻地覆，「可是時予媽媽有憂鬱症。」

「……我們不能聊些傷殺力小的事情嗎？」

「時予媽媽活著，但是憂鬱症。」

「謝謝啊，完全沒感覺比較好。」紓解好壓力及緊張，倪允璨也不敢再含糊問題，「是因為時予八年前去世吧。」

「是原因之一。」

「啊？」

「不要告訴我妳認為導致憂鬱症只有一個原因。」

倪允璨覺得被霸凌，能不能友善包容她這個高中生？

懨懨的往堆滿書的桌面趴下，磕得不舒服，扭扭腦袋，著實是在狹縫中求個生存。

漫不經心的目光自窗外走廊幽幽收回，同年紀的學生三五成群打鬧著追逐，或小聲交換著彼此的人生夢想。倪允璨嘆息。

她的近期目標是拯救世界啊。

「妳也知道，十一月是清陽活動最多的時候，我忙到好多天沒見到時予了。」

「妳的忙是躲在家裡看漫畫，是班會課偷睡覺，當我沒當過高中生呀。」

「……我就是有點不知道怎麼和時予相處。」

說什麼話都變得草木皆兵。

深怕被他抓住什麼不對勁，倪允璨對於說服任何人相信時空對話一點信心都沒有。

先前被告誡滾遠點，反而拽著他不放，如今事情發展不受掌控，宛若走進一團迷霧，抽身不了。體育課遇上了，倪允璨十分鴕鳥心態，扯著顏汐說話，動作誇張，直直向著反方向避開。

「依照妳的智商，絕對是明顯到時予可以察覺。」

她摀住臉，「我也知道。」

她也知道時予偶爾嘴壞，實際是實打的悶騷個性。也許會介意，可是他肯定不會開口說，倪允璨咬著下唇。

莫名感到心疼。

「雖然跟最初的意思澈底相反，我是希望妳可以在高三畢業前盡力試驗出更多可能，不管誰死誰活，只要沒到那一天，都是有機會的。」

「妳怎麼說樂觀就樂觀了？」

「替妳樂觀，別像個鹹魚一樣。」

結束沉重的討論，倪允璨靈光一閃，提起還沒被她忘到腦後的問題。

偷偷瞄了隔壁的男生，毫無動靜，難免有點作賊心虛。「哎未來，在妳的世界，夏辰閔念的數資還是理科普通班？」

「他又選了普通？」不答反問。

「選？分班不是照著成績嗎？」

「聰明的人故意將分數考低很簡單。」

「他為什麼……」住聲，不用再問。

答案顯而易見。

他為什麼會放棄進入數資班的成績？

他為什麼會出現在與她相鄰的座位？

如果說在未來的那個時空他選擇理科普通班是為了避免課後加強，為了能跟她一起回家，那麼，在十七歲倪允璨的時空，明明從顏汐口中得知她的選擇，依舊選擇了普通班，夏辰閔究竟是怎麼想的？

心底又酸又澀，她揉揉眼睛，將臉埋進臂彎，遮去滿眼的傷色。她責備過未來不能活在過去，同時嘲諷過未來沒有長進。

真正止步的是她，不自知，所有逃避著的都被不經意提醒。

她和夏辰閔，該率先從遺憾中畢業。

「今天又不去？」壓抑賭氣的語調在腦袋瓜上方響起。

怔愣一瞬，口中一百萬分悶騷的男生落進視界裡。

「哈啊？時、時予，你怎麼隨便闖別人的教室！」

沒理會她的質疑，時予抽出插在口袋裡的手，惡人沒膽的倪允璨嚇得抖下肩膀，本來沒有惡意，見她不經逗弄，時予心裡默默要笑了。

他勾了嘴角，倪允璨哪不知道是自己又發蠢逗樂他，有些氣悶。

「去不去球場？又想逃？」他莞爾，沒緩過勁。

笑得很收斂卻又真心，忘了自己是來興師問罪，時予盯著她吃癟的小模樣，聲音溫軟和氣許多。

「誰要逃了！沒看見我正在光速收書包嗎？」

抬高線條幹練的下巴，意指她像被空投過原子彈的書桌，不置可否。

被抓到小辮子，倪允璨蔫了。

下巴擱著桌子面，不看時予。她開口：「你跟我說說足球的規則吧，裁判的手勢也說來聽聽。」

「忙了要一學期妳還沒記住？」

「本來記住了，被狠砸一下就全忘了。」

「被砸是幾個星期前的事了。」

「這叫……後遺症，吧。」

聽出話語裡濃濃的鄙視意味，倪允璨也挺厚顏無恥的，不服氣地反駁，時予頓時無言，默默笑起來。

男生抽出她桌墊下的一張廢紙，執筆在背面開始畫起圖，溫聲的講解在空蕩的教室裡起落，不時搭配著動態的手勢，倪允璨似懂非懂地點頭。

徐徐暖風吹拂在兩個人之間，略顯親暱的相距暈著輕淺的溫馨。

女生稍稍舒展僵硬的肢體，偏過的視線凝在男生剛毅的側臉，削薄的短瀏海留下一片光線陰影在眼下。

——時予，你是什麼樣的人？

終究，沒有讓這句話成為他們相處的疙瘩。

當他越來越與未來的形容相像，倪允璨開始有點意識與危機感，害怕命運最終仍會擺動回預設好的結局。

不想置身事外的看著他死，這般念頭逐漸萌芽清晰。

♥

高中的音樂課跟國小初中不同，不用再糾結是高音直笛或中音直笛，課程內容全憑老師的心意，恰好，這屆輪上課程設計最涼的老師，輕鬆就能混過四十分鐘。

除了教一些簡易的節奏和音符，大多時間都是電影欣賞。

燈一關，台下學生們做什麼，如果不是發出太過分的噪音，基本上，老師是睜一隻眼閉一隻眼的。

音樂教室遠在高一的那幢樓，幾個男生姍姍來遲便成了沉靜空間裡的破壞者。是任君挑選的座位安排方式，夏辰閔自然被男生群拉到一塊，倪允璨與顏汐撿個最後排的角落坐。

倪允璨正挪好姿勢，準備進入睡眠，瞥見隔壁的顏汐仍然放不下手機，她最近的手機強迫症很嚴重。

壓低了聲音，「你們家的誰回歸嗎？還是solo？」

「嗯？有嗎？」

「我怎麼知道有沒有，而且妳居然用這種非常不確定、還非常不關心的語氣，是妳病了吧？」

「別吵我，很煩。」

微怔，倪允璨端坐著反省一分鐘，她可能前陣子太常跟時予跑得不見蹤影、回到教室不得不跟夏辰閔角力，忘了關懷總是握著手機皺眉的顏汐。

她蹭近些，抱住顏汐的右手臂，兩人平時不是什麼黏膩的相處模式，嚇得顏汐差點拿掉手機。

倪允璨眨著眼，顏汐只看見裡頭洋溢著刻意的真誠。

「幹什麼。」

「我錯了。」

「知道錯就先放開。」

她努努嘴，眼神示意手機裡的祕密。「妳先跟我說妳最近到底在忙什麼，連音源都不刷了、韓站消息都不關注了。」

精緻漂亮的臉蛋閃過一絲不自然，她撇開頭，空閒的左手去推倪允璨的腦袋，卻抵抗不住她的好奇。

能讓顏汐女神表現出扭捏，案情很不單純。她向來都認為那些衝鋒陷陣的表白男生是跳梁的小丑。

眼光高著。

「說嘛，我們的關係還不夠我聽妳的戀愛嗎？」

這下就來力氣了，一把攘開倪允璨，又羞又惱的眼神讓後者呆住。

顏汐的氣音仍可以聽出氣急敗壞的咬牙味道。「才不是戀愛。」

能讓顏汐單戀更不簡單了……

回覆一條訊息，同時整理好思緒和心情，認清了不好好回答倪允璨，她不會放過自己的，她對神奇事件的纏人程度，大多的人是有目共睹的。

「上上星期我們補習班代理了劍橋英文的檢定測驗，我也去考了。」

「考過了？」腦殘就是容易被帶偏注意力。顏汐噓嘆一口氣，不知道該哭該笑。

「重點是，筆試坐我隔壁的男生跟我借文具。」

「考試沒帶用具，酷。」

「妳要不要讓我一次說完？」

對上顏汐似笑非笑的威脅眼神，倪允璨頓時乖巧得不行，她別說不八掛了就好。

倪允璨憋了下，默默伸出一根手指，「我再問一句，他長得比夏陽男神好看？」

「我那麼膚淺嗎！」儘管是氣音，也是極有份量的氣音，前座的女生悄悄回頭偷瞄，顏汐立刻警告地橫了倪允璨一眼。目光有點底虛，「差不多吧。」

「那妳怎麼不喜歡夏陽男神？他是我們學校的嗎？」

「如果一樣好看不上我們校版可能嗎？而且他比夏陽貼心有溫度。」唾棄倪允璨的智商，她低聲道：「他是北高的。」

夏陽的不近人情是眾所皆知。

腦粉倪允璨認為那只是因為我們男神還沒有找到值得他悉心對待的。

「顏汐妳很行呀，這樣都能打聽到。」

「我就坐他隔壁，收試卷時偷看到的。」

「好視力，說說他做了什麼讓妳覺得他好？」

「我擠不進去電梯，他讓裡面的人挪一下，讓出一個空間給我。」忽略倪允璨無聲說著壁咚的唇語，平時甜美好聽的嗓音隨著氣音沉了，掀起無邊無際的混沌。「而且我聽見他在電話裡對一個人很寵很溫柔，就算他是說著打擊她的話，他的眼睛都在笑。」

「然後？」

她咬了下唇，「我那時候以為是他妹妹，這幾天一直翻他們學校的版，發現那個人可能是另外一個女生。」

「啊？有女朋友了？」

「不是。」搖頭，眼光裡捲起風暴，垂放在腿上的手指微微縮緊。「好像是他弟弟的女朋友。」

「我靠，渣男？綠茶婊？劈腿啊這個，顏汐這不行啊，妳不要玩這個三角戀。」

到底是喜歡，顏汐不高興倪允璨說他壞話。

「他就是幫忙照顧弟媳吧。」

倪允璨也不拖泥帶水，「那妳不開心幹麼？」如果真的不介意，她幹麼擺出鬱鬱寡歡的樣子，像誰欠了她幾百萬。

「我就是很討厭這種曖昧來曖昧去的關係，我看了很多貼文，同一屆的、尤其學生會的，很習慣他們的打打鬧鬧，是喜歡他、然後比較衝或不知分寸的學妹會發文婊人，聽說附和的聲音很快會被砍掉。」

校版的系統是發文不能刪除，但是留言可以，只是，當然正常操作該是留言者自己刪。倪允璨摸摸鼻子，這人有電機系潛力啊，黑系統。

倪允璨揉揉腦袋，也不管散在後腦的頭髮有點像鳥窩，思考有點跑偏。「那妳現在怎麼想？」

「我只想生氣啊，為什麼世界上有那麼多人要佔著朋友的身分，卻抱著不是朋友的心情，或是用著不適合朋友的相處模式，看來就是討厭。」

這語氣說得驕縱，卻不無道理。

但是直直悶痛的砸在倪允璨胸口。

是不是在別人的眼裡她也是這麼討人厭的存在？

她神情有些怔忪，半晌沒接上話，顏汐奇怪看過去，見她明顯異色，很快理解。難得露出尷尬，「我不是說妳，我知道妳不喜歡夏辰閔，你們從小一起長大，能不比別人親近一點嗎？」

她斂下眼瞼，沉寂的眼神一片平靜，像是風雨欲來，面色難測，唯一從緊抿的嘴唇洩漏的是難受。

顏汐是朋友所以才幫她解釋。

或許她一直沒有去正視的不只是和夏辰閔的關係，以及，別人眼裡的倪允璨和夏辰閔。

不是硬是要妥協於旁人的眼光，很多時候，這個世界不是問心無愧就可以和平。

理所當然地，看朋友如此都無傷大雅，但事關自己，便不可能不聞不問，甚至不可能容忍。

如果今天她喜歡的人是夏辰閔的角色，顏汐承認，絕對不可能默不吭聲，不會用著觀望的態度。

她有驕傲的資格與自信，這些人她都看不上，夏陽男神、夏辰閔什麼的都沒能成為她眼中的蘋果。

再優秀耀眼都不是她的菜啊。

「沒事，我知道妳的意思呀。」藏著嗓音裡的情緒很沉，沉得她牽不動嘴角，讓輕快的語氣顯得不著調。她轉了其他話題，「我靠，說這麼多，沒有問最重要的，他什麼名字妳有看見嗎？」

「當然，不然怎麼查？」

也是。蠢得厲害了她，她只好涎著臉，洗耳恭聽。

「他叫許暘離。」

話題因為下課而中斷。

如果知道這是最後一次和顏汐最暢快舒心的聊天，倪允璨一定不會就此結束，一定不會忘記告訴她面對愛情別委屈自己，一定會記得跟她說她會好好處理跟夏辰閔的關係。

自從園遊會的即興表演遊戲過後，顏汐在學弟妹們的圈裡聲勢水漲船高，妝容打扮都成為標誌，是爭相學習模仿的目標。

卻又有不可超越的個人風格與氣質。

校花、女神、網美，層出不窮的吹捧。

對於此，原本尷尬冷淡，轉眼，她適應且運用一切。

倪允璨瞇起眼睛，認為顏汐現在身上的光芒是扎人的，感到陌生難受。

可是，這樣模糊的心情她難以表述，說得不好了，會被曲解成嫉妒，因此，她選擇沉默。

努力如常的與她笑鬧，企圖證明是她的錯覺。

♥

這個城市入了十二月就會非常明顯進入冬天。

倪允璨總是以天冷為理由無法離開被窩，老是踩著最後底線滾進學校，頂著教官的嚴厲目光慢吞吞踱回教學樓。

未來那位嘲諷的說：「很多都不一樣了，只有懶惰不會改變。」

只是今天是什麼神奇的日子？

她揉揉眼睛，原地跳了跳，早晨的風冷得她發顫，裹緊寬厚的圍巾。換季換上的毛呢百褶裙並沒有保暖多少，倪允璨討厭穿褲襪，露著兩條發白的腿，任誰看了都替她冷。

掂量著書包裡的圍巾重量，分明是冰山一角，隨便一本講義都要重上許多，她卻覺得那條墨綠色的圍巾格外沉甸。

全是二十五歲倪允璨的心願。

她說高三那年聖誕節沒有送出手的禮物。因為目睹一個學妹送了包裝精緻的巧克力給時予，她氣得在時予眼前將禮物袋塞進甯敬宇手中，扭頭跑開，不敢注視時予的表情。

她知道一定不是很好。

儘管最後她覺得太浪費，怒氣沖沖又去搶回來，順帶給他一腳，挺無辜的，倪允璨不管，她讓時予難過了比什麼都嚴重。

十七歲倪允璨只想送未來兩個字「活該」。

思緒過分發散，額頭被使勁推了一下，她眨眨眼，「夏辰閔！」

「還沒醒？還是現在是在夢遊？」

「你怎麼還沒上路？」

夏辰閔被她的用詞雷得不輕，無語片刻，「妳一進理組國文能力就直線下降？」

「懂我就行啦。」滿不在乎的語氣確實因為脫口而出，然而，有心結的兩人同時愣住，一個抿了唇，一個咬了下唇。

視線落在駐足的腳邊，倪允璨率先邁開第一步，試圖製造一些動態行為，減緩漫天瀰漫的尷尬。耳邊的呼嘯依舊，她卻可以清楚辨識出他漸近的腳步聲，似乎很熟悉他在身後的安全感。

她必須說點什麼。

走過無數次的街道，走過無數個不論遠近的日子，他在她的左手邊，她的腦袋勉強到他的第三根肋骨，貼近又不會往心裡去的位置。他不會跟學校女生特別親近、不會跟對她置若罔聞，會將堆在桌上的巧克力塞給她吃，她壞心拿起卡片或告白信來訂正錯字他也笑著縱容。

她認為那是那個年紀的兩情相悅，也認為他們不會分開。

然而，離別到來得讓人猝不及防，她連他的背影也沒有見到，遑論一句難捨的再見，徒留她一個人躲在房間大哭的失望。

很奇怪，一路上都有他，怎麼缺席了那兩年，轉忽他便被她放棄。

步伐不停，只是兩人都有意識放慢速度，心裡的話好像應該要止步好好在一個安靜的地方表白，但是如同從他們身邊呼嘯而過的光陰，心情的變動與整理一樣夾雜時間裡。

在哪裡、在什麼樣的場景，似乎都不重要了。

枯敗的樹葉搖搖晃晃在樹梢，一眼金黃，帶著迷離的傷感。

聲色一低，「夏辰閔。」

「夏辰閔我喜歡你，在我們分開之前。」很突然的，她說。

也許不是故意，她不知道，這樣遲來的告白以及錯落時間點的強調，更令人難以接受。

倪允瑑是個鴕鳥心態。這一次卻抬眼去看他。

他什麼都不在意。

這是倪允瑑之前面對夏辰閔的眼光得到的感想。不是說他現在便帶著纏綿和深情，倪允瑑知道，她不喜歡他，他也一樣。

擺放在他們之間的情感不是一定只能愛情，他們默認著，各自無聲協調著相處和關心。

「我知道。」

「你也、也曾經喜歡，我知道的。」

全世界的人加起來都沒有現在的他們這樣誠實。

夏辰閔笑出聲，「人生總會鬼遮眼幾次。」

「喂！」掄起拳頭揍在他的巧克力腹肌，如此的氣勢竟然跟湧到胸口的難過如出一轍。她不是傷心他們不能走到一起。

任明信寫過這樣的話：「我知道有些善良不一定溫柔，就像有些手適合握緊，有些適合錯過。」

朝氣的音色維持沒有多久，低沉下來，像要融進車流，成為環境的雜音之一，夏辰閔確實聽見她的心意。

「有你在我就覺得安心，小時候走平衡、玩跳箱，或是到陌生的地方，其實我很害怕，可是知道你看著就會覺得，好像失敗了也沒有關係，受傷了也不用自己忍著哭……」

「聽見其他不認識的女生在討論你我就生氣，覺得他們裝什麼熟啊，明明一點都不了解你……」聲音一哽，她低下頭，左手緊緊去抓他制服衣角，平整的布料頓時皺褶不堪。「你離開的隔天，我等到遲到也沒等到你，後來才聽說你被接走了……」

那一刻，我霎時明白，誰也沒有理解過你。

你縱容我在你身邊胡鬧，替我扛起無憂無慮的天空，因此，我的世界只剩下你，失去你，理所當然塌成一片。

夏辰閔眸光深得不能再深，看不出波瀾，「我不覺得沒有妳不行，也以為不會離開太久。」也以為她會等他。

「我不擅長等待，但是，有時候給我一點小小期待……」你足夠重要，多等一個春夏秋冬也沒關係。

將臉埋進圍巾，溫暖的感受可以自欺欺人的忽視眼周的熱燙。

「第一年就知道了，知道不習慣、不自在是因為少了妳，就跟妳一樣吧。」嗓音低若嘆息，「我們都不是坦承的個性，青梅竹馬當成這樣像也不是一件好事。」

儘管冬季的風捲走一地的落葉，沒能捲走漫溢的惆悵。倪允璨咚咚向前跳幾步，軟綿綿的臉蛋露出蓬勃燦爛的笑，陰鬱一掃而空，沒有一點痕跡。

「知道我可愛知道的晚了吧？」

順著她的話，夏辰閔沒有揭穿她眼底的勉強，能這樣努力振作氣氛的她確實勇敢許多。

「這結論下得很沒道理。」

「那你同意嗎？」大有「敢不同意立刻哭給你看」的脅迫意味。

「是啊。」

願他們以後都能更加坦率。

沿途，倪允璨光明正大八卦起夏辰閔與清華女生的進度。

倪允璨以非常誇張的神情在對應夏辰閔的難為情和彆扭，難以想像有誰可以比自己要讓他束手無策。

一山還有一山高。

而且捨不得推開他口中「黏人女生」的夏辰閔擺明最不對勁。

克制不住唇角，偷偷笑起來，怕被發現，以後就沒有戀愛進度可以聽。

夏辰閔就著身高優勢，斜睨了她。「只知道笑，以妳恐龍一樣的反射弧，在足球隊沒有常常被罵嗎？」

「切，我是身手矯健、舉一反三，再說，我有人可以神救援好嗎！」時予。

不約而同愣住，倒是倪允璨先回過神，欲哭無淚，果然人不能做壞事。她什麼技能都不會，最會坑掉自己，這不就又馬上挖好一個大坑。

遠遠看見即將要彎進一班教室的話題主角，權衡了現況，她覺得該讓自己與夏辰閔有足夠空間消化，即刻計算起到到第一節的體育課結束。

於是，倪允璨三步併作兩步飛奔到時予身邊，趕緊勾長了手拽住他的右手衣袖，重力加速度，力道極大，連同他的手臂攥住。

穩不住身形，倒是撒嬌的抱著他的臂膀。

我靠，這四面八方火辣辣的打量，她有點想遁逃。只是，時予這個人不放行呀呀呀，他順勢握住她的手，倪允璨驀地仰首。

他面色如常，沒有絲毫不對勁，也沒有他平時會有的羞惱或扭捏，一瞬間，倪允璨腦洞大得要誤會他是不是被魂穿。

既然都這樣丟人了，該送的禮物還是要送。

「時予，給，禮物。」

「……今天不是我生日。」

「我知道呀，這是提早送的聖誕節禮物！」

遞出禮物便收回手，近在嘴邊呵氣，暖暖手。她包得像顆粽子，圓滾滾的，一點都不美麗，可是，她自己風格的可愛。

盯著她招搖的雙腿，不自覺蹙了眉。倪允璨理所當然誤解。

著急著解釋，很有欲蓋彌彰的嫌疑。「很冷嘛，提早送你才可以提早用呀，很聰明吧，稱讚我呀。」

仰首的姿勢是最迷人的四十五度角，時予眉眼彎彎，不是他要打擊她，她傻氣得像個小學生。鎖骨及細白的頸項遮在酒紅色的圍巾底下，柔軟的頭髮散著包覆住耳朵禦寒，非常冬天的打扮，始終如一的是她灼然明艷的雙眼。

「後天就是聖誕節，差這幾天？」心裡是高興的，嘴上不鹹不淡，手裡老早緊緊拽著。

倪允璨在時予跟前竄東竄西，抱怨著親手打一條圍巾多麼困難，解釋自己為什麼半途而廢的懶惰，完全沒有意識到被帶到走廊盡頭。

站在同學經過也不會察覺的拐角，時予斜斜椅靠著後方的白瓷磚鋪成的牆，他身上沒有夏辰閔那樣帶著痞氣的陽光，八點不到的陽光稀薄，破碎的撒下來，在他的髮梢以及眉眼停留。

像是初醒的小橘貓。

溫和沒有獠牙，那麼一點反差萌。

倪允璨瞧著便有些走神。

「幫我戴上。」

「啊？」沒等她將問句重新整理好，熟悉的墨綠色圍巾闖進視野，不由自主接下。柔軟的觸感與他的沉穩的聲音極像，又暖有柔。

時予不作聲，稍稍前傾上半身，這個動作與那個眼神語氣，撩得倪允璨不知所措，按住胸口，眼底一片迷茫。

「……哦。」

輕輕軟軟的應諾帶著鼻音，壓在喉嚨，聲音極弱。

一圈兩圈替他繞好，有時候踮起腳尖，最後，順著末端扯正、打理好。呼吸鼻息都是溫熱的，他的視線也是。

倪允璨只管低頭，數著地板的線條。

「我很喜歡。」

彷彿所有感官知覺都瞬間被剝奪，只剩聽覺。

他溫厚的嗓音從頭頂降下來，她無所遁逃，被團團包圍。

聖誕節當天。

學校赦免了學生們第八節課，冬季的日光消逝得特別快。

「到了。」

「啊。哦。」

時予按著電梯內的開門鍵，側頭盯著女生若有所思的神情，有些飄忽、有些懵懂，有些遲疑不定。

放學時候還沒走到校門口便遇上離開球隊的夏辰閔，剛過警衛室竟看見穿著清華校服的女生傻等著，搓著雙手、呵出白氣。

好像與那個鄰校女生說完話，倪允璨變得奇怪。

走神走得要撞到柱子了都不知道，拉她一把還會衝著蹙眉，絲毫不領情的模樣。

「時予。」

「嗯。」

她再接再厲，眉眼是彎的，聲息卻昏暗難變。「你知道十九街那邊那個公園嗎？門口有一棵大榕樹那個。」

「哦，知道，怎麼了嗎？」

沉默半晌，踢了下前方的小石子，她回首望著他。「我想玩鞦韆。」特別可憐兮兮。

時予微愣，心都軟了。

時間不早了，他都是這時候回家的。指尖撓撓眉角，是他一貫煩惱的模樣，倪允璨情緒低迷，垂著頭，沒有看見。

他不可能丟下她。

這份捨不得讓他一時間失去動作。良久，感受到她疑惑的目光，光芒黯淡，暈著淺淺傷感。

「走吧。」

遲疑半瞬，抬起手，輕輕貼上她纖瘦的右肩，推著她走。

她沒有閃躲，沒有僵硬，瀰漫著極其自然與熟稔的親暱。

黑夜裡的小巷弄月光迷濛，變成倪允琛拽著時予的衣角，回到寬敞且車流不斷的街道，她沒有順勢鬆手，踩著他的影子，享受待在陰影裡的恣意。

沿途觀察著她孩子氣的小動作，時予倒是忘了將會晚回家的訊息傳出去。

屬於另一個社區的小公園裡仍有幾個中年叔叔慢跑著，也有三五個爺爺們坐在磚牆上，面前擺著搖搖晃晃的折疊桌，悠哉下著象棋。

「幹麼不去離家裡近的？」

她理直氣壯，「那裡沒有鞦韆啊。」

確實。她的行為總是有她的一套道理，適用於她的小小世界。

時予失笑，他似乎漸漸也習慣了。

繞著圓環散步兩圈，接著，不顧一切往鞦韆區衝去，不知情的人還以為地上有什麼蟑螂老鼠。

不一會兒，故態復萌，彷彿一小時前的愁眉苦臉是假的。

可以說她陰晴不定，也可以說她自恢復力強悍。

「時予推我一把。」

「……不要。」

埋怨的話語還未脫口而出，倪允璨被一道恰好的力道推了出去，身子平平穩穩晃向前，周遭的風輕快撩起她的頭髮。

時予的視線落在她閃爍的耳飾。

忽然希望時間慢下來，甚至，停留在此刻。

埋在氛圍中的自在，頗有歲月靜好的味道。

倪允璨在接近星空的高度仰首，剎那，想起很多，又好像只是一個畫面，聲息都漫在後方，匍匐著，像是慢了拍。

她想起夏辰閔與清華少女並肩的身影，也想起倒映在穿堂大鏡子裡的她與時予。她當時說的話都是真心誠意的。

「我、我從頭說起好了，就是我跟夏辰閔。」

上星期五結束校內聖誕舞會活動的清華少女在校門口等夏辰閔。

倪允璨打量她來不及卸去的濃妝豔抹，指使兩個大男人面面相覷等著，拉了少女往教室跑，要幫她恢復正常。

稍微舒展了身手，倪允璨眼底的坦蕩在夜色中灼然明亮。「我們是青梅竹馬，呃，到國二之前。」

裴宇薇的眼角閃爍著水光，面色如常的望著倪允璨，緊緊拽住裙襬的手指卻背叛自己，洩漏情緒。

「國二那年夏辰閔的父母離婚，事情鬧得很兇，他被接去他叔叔家住了，他應該很討厭我，不然依照我們認識的時間，他怎可以一句話都不說！所以分開的兩年我都沒有去找過他。」

「他走得很急，我甚至是從我媽口中知道的，那時候覺得生氣，覺得失望，好像我很在意他，他卻沒有，連離開這種事都不好好跟我說，一聲不響的走，像是沒有什麼讓他眷戀的。」

「所以我把日子過得很好，再也不賴床、不忘記帶早餐，不會寫的作業會纏著學霸教我，我必須證明，夏辰閔從我的生活消失我不受一點影響。」

「很成功，我做到了，我只是沒想到，會上同一間高中，好死不死還同班了，他應該要去考數理資優的。」

兩年的光陰，跌跤、懊惱、洩氣，倪允璨拚命要將夏辰閔割除在生活之外，真正心情卻依然綑綁在他身上。

裴宇薇眨著迷糊的眼，讀不懂在她眼裡晃動的複雜情緒。看過屬於他們的相處、聽著屬於他們的故事，油然而生一股無從介入的頹敗感覺。

最青澀懵懂的歲月裡他們牽手相伴，存在著牢不可破的親暱。

「那妳……」妳是喜歡他的吧……

那妳、妳還喜歡他嗎？

透徹的眼光裡彷彿落進星光，倪允璨淺淺笑起來，帶著成熟又直率的灑脫，讓風撩起的碎髮沒有打亂她一身堅定。

倪允璨當然懂裴宇薇未說完的問句。

任何一個喜歡夏辰閔的人心中共同問題。

世界七十多億的人口，倪允璨與夏辰閔不過是分別的之一。他們來到彼此身邊，是為了教會彼此勇敢和珍惜，也是為了學會道別。

「認識的一開始我就喜歡他，那麼優秀的人誰能不喜歡，小時候都這樣，誰給自己多一點照顧、誰對自己有多一點縱容，就覺得他是最好的，也是，那時候真的沒有人比他更好，可是，再多喜歡都可以埋進過去，只要足夠失望。」她的聲音淡進空氣中，卻依然有溫柔的笑意。「我因為他的不告而別不再喜歡他，他因為分開才發現喜歡我，哎，就他傲驕，知道我的煩人很可愛了吧，反正是說開了，我們對彼此告白都是在告別過去。」

「夏辰閔……他還喜歡妳，你們還是……」咬了下唇，終究說不出口。

你們還是有機會。

這是外界人的眼光，只有他們自己無比透徹知道，回不去。

「已經錯過了，我喜歡他的時候，他不把分開當一回事，他喜歡我的時候，我卻用兩年的時間放下他，我們都是嘴硬的人，說不出口喜歡，如果當時我們有一個人先跨出一步就好了。」

裴宇薇斂下眼瞼，壓抑的嗓音顯出沙啞，「夏辰閔不會甘心遺憾的……」

「遺憾什麼的，我沒有，他不會，當時年紀小，言情看太多，其實不是多大的事，我們的喜歡有很大部分是熟悉和陪伴，不只因為個性，也因為不夠喜歡吧。」

平靜的空氣中響起倪允瓅溫暖的笑語，將入冬的微涼一點一點暖化，背後遙遙有腳步聲漸近，兩人倒是同時回頭，兩道頎長的身影逆著微光前行，修長的影子徐徐緩緩靠近。

倪允瓅抱住裴宇薇的胳膊，輕軟的聲音染上一些羞澀。「我啊，已經有了更想守護的人，妳跟夏辰閔，會像我和他的，懂嗎？」

想要守護的人。

她不知道往後的日子會不會沖淡這份心意，也不知道這份心意是喜歡。

鞦韆的高度越來越低，倪允瓅伸下腳煞住擺動，任由時予的僵硬在背後，她的心情卻反而是隨之塵埃落定。

「時予，謝謝你呀。」

他莞爾，「因為幫妳推鞦韆？」

「你說什麼就是什麼吧。」她才不要解釋。

作為不滿的表態，站著身高優勢，時予伸手揉亂她的頭髮，寬大的掌心帶著厚實的溫暖，不偏不倚，從相觸的地方，放肆地蔓延開來。

剛有了這樣的自覺，倪允瓅接連三天沒有與時予見上面。

放學等在擁擠的公車站都沒有等到時予，偶爾被撞到，沒有那雙熟悉溫暖的臂彎可以保護，她踩了兩步才穩住身形，回頭正要怒視。

思緒斷裂的一兩秒卻是翻天覆地湧起一陣巨大失落和委屈。

後背包裡還放著要給他的餅乾，不過三百克重量頓時沉重如鐵。

放過一台又一台公車，她抿了唇，老是暗自告訴自己再等一班就好，他會來的，他只是晚下課。於是，連續兩次都遲進了補習班。

非常強迫症反覆觸屏查看有沒有未讀訊息，看到班群的鬧騰一點興奮或有趣感都沒有。掙扎片刻，手賤去點開時予的對話框，她垮下神情。依舊停留在去公園的星期一，她的訊息也還是未讀。

第一天沒有衝去一班質問就是錯誤決定！

抱著時予會回覆訊息的信心，等過二十四小時便開始躊躇不安，到第三天的此時，終於懂一鼓作氣的真諦。

她現在沒有立即當面對質的勇氣。

不是每一段你珍視的關係都可以不讓你傷心。從前認為如果足夠在意，可以做到力挽狂瀾，可以做到熱臉貼冷屁股，但是其實，有一種程度的在意是害怕聽見他的答案。

所以選擇裹足不前。

倪允璨罕見的主動聯繫未來那位忙人。「時予的媽媽有什麼新狀況嗎？」

很快得到答案。

「憂鬱症加躁鬱症。」

「……為什麼連我主動聯絡妳都是這種壞消息？」

「妳再慢一點我就要告訴妳啦，剛好妳先發來訊息。」不囉嗦，單刀直入解釋：「應該妳是做了什麼，因為阿姨說她這幾年都是這樣，憂鬱和躁鬱，但是我前一次問的時候確實只有說憂鬱，我看過檢查結果。」

倪允璨瞠目結舌，「我什麼也沒來得及做好嘛！我三天沒看到他了！」

「聽起來很幽怨。」

「妳閉嘴，嘲笑過去的自己這種事妳還真做得出來。」

「老實說，也只有我能這樣做到。」

無語了。話是這麼說沒錯。

吵鬧告一段落，未來好意詢問，「你們最後一次見面幹麼了？」

「補習課後去了公園，散步、玩鞦韆，沒了。」

眼前的紅綠燈號誌都改變了，未來沒有來新的回應。倪允璨惱恨地戳戳螢幕，默默懷疑起是不是手機壞了。

在她放進外套口袋前手機輕輕震動。瞥見第一句話，當即點下，跑進簡訊對話窗，皺了眉。

「我可能知道原因了，時予媽媽的躁鬱症。」

「根據我這邊的資訊，時予十點前一定會回到家，下課是九點半，你們多跑去公園，絕對是超過時間。」

「一是時予忘記跟阿姨報備，二是時予報備了，可是造成吵架。」

「倪允璨，很多真相，妳想知道就去問，很多答案，妳想知道就去問，無論如何，都比停留在原地好。」

♥

未來最後只說了這句話。

倪允璨仍不知所措得躊躇著，禁不住埋怨：「妳回訊息真慢，跟我多說一點妳知前跟時予的相處啊。」

良久，久得隔壁間廁所已經來回進出五個人，終於收到訊息。倪允璨也夠淡然，任憑排隊的女生如何敲她的門，死不開口，平靜回了只鼓敲擊門板的聲音，叩叩兩聲。

她敲了也有六七次。

「妳先安靜點，我跟時予媽媽吃飯。」

震驚得差點摔掉手機，與蹲式馬桶幾乎擦肩而過。

倪允璨沒有再收到回覆，她磅礴的遷怒像是石沉大海，葺拉著表情鬱鬱晃回座位。

見到後座同學在講解她也不會的物理習題，趕緊正襟危坐，隨手拿了白紙要記錄算式。

反覆熟練數學和物理題型成為一件例行，倪允璨揉揉眼睛，多年後才驚覺自己根本是被制約了。

下午一節下課倪允璨被喊出去。「倪允璨，外找。」

下意識望過去，口中的背誦沒有停止，念念有詞的樣子，乍看之下挺傻的，甯靖宇沒漏掉嘲笑。

「滾，好嗎。」

「我一個字都還沒講就要我滾！球經太狠了吧！」

「我的友善是因人而異，給不了你，給你浪費。」

甯靖宇努努鼻子，正事不說，笑得令人糟心。「球經妳這是吃炸藥啊——」

「你特地跑來說廢話嗎？」

「欸——教練讓我來問妳下學期還會不會繼續當球經？」

切，這點小事。倪允璨卻不滿了，「為什麼是叫你來問，不是叫時予？我跟時予比較熟吧。」

男生顯然沒料到有這樣的張揚的嫌棄，不可置信睜大眼睛，壓低聲音，「小聲點啊，教練不准我們談戀愛的啊。」

「啊？」

「妳跟時予啊，隊練休息時不是都躲在旁邊兩個人吃飯嗎？所以你們真的在談戀愛啊？什麼時候交往的？」

腦子當機了幾秒，終於重新啟動理智，倪允璨眨眨眼，「沒談戀愛。」冷靜過頭反倒是引起懷疑。

「不要裝啊，不然沒看到他妳失望幹麼？每次也都是先照顧好時予。」

很多淺淺碎碎的怦然與溫暖，都落在簡樸的日常。

依據倪允璨遲鈍的程度，這點恍然大悟是稀疏平常的事，她轉轉眼珠子，底氣虛，但是，還是要站穩腳步！

「你才跟他談戀愛！」要賴就對了，她拿手。

被未來晾了一整天，倪允璨中午食慾不振，吃得少，接近放學的時間已經餓得不成人形，癱在桌上。

就算放學鐘聲敲響也一動不動。平常這個日子跑得比誰都快，五十五分就開始收拾，五十九已經站到教室門口，頂著老師銳利的視線，固執的扳著門板不肯妥協。

異常到老師都說有點懷疑時鐘。

被夏辰閔給的麵包扔一臉。「放學了，還不走要住著？」

「你哪來的食物？」

「妳說呢？」

撇撇嘴，推回他桌上，「反正一定又是哪個愛慕你的無知少女，哇，不對，我要去告訴裴宇薇！有人翻牆翻得很俐落啊。」

「少危言聳聽。」

倪允璨當然沒錯過他眼神中閃爍的彆扭，正要繼續嘲笑，眼尾瞥見顏汐要離開，想出聲喊，卻被手機的震動拉回注意力。

有點急，倪允璨分身乏術，懊惱拍拍頭。

夏辰閔失笑，覺得她挺搞笑的。「妳很忙。」

「我也這麼覺得，我也不想啊。」急得抓抓後腦的頭髮，眼神心虛的飄，是未來寄來的簡訊，不能被夏辰閔看見。

她只好慢吞吞收拾起書包，想起還沒得到答案的問題。「所以麵包到底哪來的？你特地去小賣部買給我的？」

「想得美，時予給的。」

一愣，顧不得這個名字從他嘴巴出來有多心情複雜，她已經被驚得話都說不清楚。

小小腦袋瓜思考不過來，那個好像拒絕她、不想見她的男生，經過夏辰閔的手給她麵包。

夏辰閔拆開棒棒糖吃，沒給她，她不缺人照顧啊。

「前一節課他來找妳，妳趴走桌上當屍體，我跟他說妳午餐沒吃，他馬上送來的，哦，一百公尺的成績應該不差。」

她真想打死他。

「你幹麼不叫我！」

「妳有起床氣，我看起來很傻嗎？」

「不管啊，以後要是是時予，洪荒之力也要把我打醒。」

身旁驀地沒了聲，倪允璨將作業、試卷、講義還有文具通通毫無落差掃進背包，旋身就要跑開，夏辰閔眼見倪允璨急成風，瞧著瞧著，忽然就釋然了。

「有那麼重要？」

「重要。」沒有更重要的了。她反問：「你不是也能懂嗎？」

他面色微僵，一嘆，這女人，講不過五句就要牽扯她一次。

總之，他也反駁不過她。

一面奔馳，倪允璨一面暗罵。我等了那麼多天，他居然不等我！

焦急地在公車站牌邊打轉，經過的人都要誤會她尿急。

明明下定決心不等了，卻因為她一個舉動堅持全坍塌成廢墟，她幹麼生活圍著時予兜圈，一定是被未來那位洗腦了！

捏著麵包塑膠袋子的手指緊了緊，她仰頭長長吐出一口氣，有點煩惱，也有點開心，更是有點想蹲在地上抱頭大叫。

她點出屬於時予的對話框，愁眉苦臉，依舊是未讀，攔車上了靠窗的位置，繼續點閱信息，接著，停在未來的對話。

「我覺得很重要，先告訴妳，但是我應該沒空再回答，我待會要直接去機場啦。」

有人這麼不負責任的嗎！

「時予忘了告訴阿姨他會晚回家，阿姨一生氣把他手機砸爛了，因為」

倪允璨滑著手機頁面，不可置信，斷句斷得非常不自然，搞什麼。

她焦躁的蹙起眉，頭痛。「不會是未來透露太多，時空對話崩了吧……」

車窗外灰霧的天色沒有半絲霞光，她突然將天氣都恨上了。

倪允璨不會知道，她大概沒想過自己八年後仍然這麼蠢。

手殘將未完的訊息按下發送就算了，手機也掐準時間電量耗盡，熄了。

「回去上課。」

「不要。」

嗓音帶著嘆息，「回去，我待會到九樓等妳。」

「不要。」

「我真的不會偷跑。」

有一瞬間動搖，倪允璨用力搖搖頭，眼前這個人的信用破產啦，說什麼她也不會相信的。

彎著手指，指尖輕輕撓著眉角，時予低聲哄著，倪允璨瞇了瞇眼睛，注意到他的小動作，臉色一下子難看。

她明媚的眸光刷地黯淡下來，語氣不對，「時予你是不是嫌我煩？」

他抿了唇，盯著她似乎要哭出來的柔弱，心口澀然，所有沉穩及冷靜都被鬆動，伸了的手抬到一半高度，遲疑片刻，正要放下。

「時予你混蛋，敢不安慰我。」

眼眶紅了一圈，真的受了很大的委屈，她平常不這麼將負面的情緒外洩。

相識時間不長，時予還是多少摸著她的個性。於是，抿緊的唇終於揚起成一個極好看的弧度，晃得倪允璨忘了皺眉。

她一直不可否認，時予笑起來很好看。

見她眸底一片怔色，沒多想，揉揉她的深髮，發現轉眼已經長過胸口，瀏海被風吹得凌亂，一點也不美，他卻捨不得移開視線。

「我沒嫌妳煩。」

「……你不回我訊息啊。」

頓了頓，他說：「我手機壞了，沒辦法看見妳的訊息，當然也沒辦法回。」

早就被劇透了真相，倪允璨沒感到意外，他誠實回答，儘管隱瞞著什麼，她再想問都知道自己沒有足夠的資格。

咬著吸管，喝一口巧克力牛奶，仍然覺得不解氣。他得賠償她這幾天的精神耗弱呀，像罹患了手機癌，時時刻刻緊繃注意訊息。

她緊緊盯視他，他忍不住好笑，望著她那雙烏黑倔強的眼睛，真的將他當作什麼囚犯緊張守著。

「解釋好了還不回去？補習課都開始超過半小時了。」

「你幹麼一直趕我？就是嫌棄我。」皺著鼻子，不情願的小模樣輕輕撓在掌心，宛若羽毛輕盈，讓人發癢。

她裝起無辜是連夏辰閔都折服，時予哪可能抵擋她這副可憐兮兮的神情，扶了額頭，懷疑自己是不是罪孽很深。

只好細心解釋。

「妳缺課一堂之後會跟不上。」捕捉到滑過她眼裡的掙扎，沉沉淡淡的聲線染上笑，「我真的不會跑，一起搭公車。」

興許是好幾天沒見到她，變得彆扭生疏，此刻，時予才重新撿回面對倪允璨時候常態的無奈。心也有點軟了，她像是老家養過的小柴犬，會笑得傻氣真誠，也會因為不滿雙眼籠上霧氣。

一起搭公車。

倪允璨眼眸忽地彎彎，頰邊陷下去兩個深深的可愛梨渦，她一笑，補習班老舊昏暗的光線都成了陪襯。

她伸出手指，「說好啦，拉勾。」

「倪允璨，妳幾歲？」

「十七，但是還是要拉勾。」

她特別任性的堅持，他沒有一次能拒絕，只能淺笑著喊她倪三歲。

最後，倪允璨還是沒能回去九樓上課，被經過的老師轟進教室，失去辯駁的機會，她太常在七樓晃蕩，被誤會是這裡的學生。

瞇著眼笑起來，她歪著腦袋，偷偷覷著時予，怕他生氣，感覺他是個聽話認份好學生。

時予感應她的目光，四目相接，倪允璨來不及收起笑顏。

她小聲替自己申辯，「我從來沒有覺得補習上課是開心的事……」

就是說跟他一起上課很開心吧。

他低聲輕笑，這樣清澈好聽的笑是很少很少的，倪允璨揪緊發熱的耳根，迅速移開視線，落在他凌亂的字跡。

瀟灑地寫了她的名字。

興奮轉開家裡的門，鞋子還沒在玄關放置好，就聽見母后大人讓她滾進客廳，心裡咯登一聲，大悲劇，倪允璨樂不思蜀到完全忘記自己幹了大事。

她翹了一節補習班的課啊啊啊。

絕對是補習班班導師打電話回來通知，倪允璨神情懨懨，拖沓著步伐，硬是拖延時間，絞盡腦汁思考理由。

「媽我……」

「妳今天沒去補習班？」

……我靠，太開門見山。倪允璨忍不住想摀臉。

見倪允璨點頭，目光心虛，抿起的嘴角下墜，像是小時候做錯事時候的緊張羞愧。倪母緩和了臉色。

「我也不問妳幹麼去了，下不為例。」

「好……啊？」就這樣？

倪母斜睨了倪爸一眼，又氣又笑，眼底沒有真正的怒意。「妳爸說沒有翹過課不叫高中生，與其讓妳逃學校的課，不如就翹一堂補習班的課。」

倪允璨咧嘴笑，燦爛燦爛的。「謝謝爸媽。」

看起來特別狗腿，倪母不忍直視，漂漂亮亮的孩子老是古怪又不拘小節。

故意板起臉孔，「明天記得去把課補起來，我幫妳預約了。」

「知道啦，謝主隆恩。」

♥

一個學期嘩啦啦翻書似的被揭過。

倪允璨的期末焦慮的原因明顯不是高二書生該有的。

她覷了身邊的男生一眼，剛毅的側臉有著俐落的線條，唇邊若有似無的弧度掀起清風拂面的溫和，立刻倉皇地撇開目光。

深怕被發現自己的犯傻。

「發什麼呆。」

「哈啊？」

倪允璨收拾著心慌意亂的心緒，手足無措。順著他的視線扭過頭、望向前方，沒能參透他眼底的深意。夏辰閔頎長的身影在遠而近，舉手投足都有惡劣到不行的撩人意味。

早就免疫，倪允璨大大翻了白眼。

夏辰閔自然看出倪允璨顯而易見的不待見，但是，給自家青梅竹馬添堵，在他心裡的娛樂成分是能排上號的。帶著不讓她避開的氣勢與速度，逕自擋到她跟前。

「夏辰閔你幹麼！不會走旁邊嗎！」

時予揚眉，遙遙目光就與夏辰閔交鋒，立刻側頭只看著女生。「我先過去。」剛轉了球鞋方向，微彎的手臂馬上被一陣力道牽制。

漆黑沉沉的眼神落點在相觸的表面，骨節分明的手指攥著他的衣袖，輕輕貼碰到他的臂膀，她的眼光清澈、沒有絲毫不自然與不對勁。

彷彿他們之間就該這樣。

倪允璨急切開口。「等我啊，幹麼丟下我！我們一起去。」

頓時，沒了話、沒了掙扎。他當然不會想扔下她先走，不過是自尊心使然，說到底還是有些害怕被要求迴避，畢竟全校都知道他們匪淺的關係。

「喂、夏辰閔，我沒空陪你玩，找別人去，我要去足球隊。」

「今天結業式還有練習？」

「不是，是期末隊聚。」手指來回擺盪自己與時予之間，坦然面對青梅竹馬的探究。「他給我帶路。」

他硬是要挑刺。「就知道妳路痴，認不得回家的路，要不要我晚上去接妳？阿姨讓我今天去妳家吃飯。」

「你們球隊沒有聚餐嗎？」

「今天跟景業友誼賽，沒有我的事。」

「嗤、你這個冷板凳球員。」倪允璨抓緊機會恥笑。即便知道分明是夏辰閔懶惰，不損他一句不舒服，她家母親大人根本將他當作兒子養，寵得她都要吃醋。「那你順便跟我媽說我會吃飽飯才回去。」

笑容高深莫測起來，像在做什麼慘絕人寰的算計，瞧得女生要發作，夏辰閔總算啟口，說得卻是另一件事。

「我媽讓妳有空也到我家吃飯，很久沒做宮保雞丁了，她手癢。」

「唔。」完全掐住倪允璨的死穴。

「說看看什麼時候有空。」

夏辰閔的字典裡肯定沒有見好就收四個字。

憋了半晌，倪允璨惡狠狠吐出幾個字。「你不在家的時候我都有空！」

一路上，時予都閉著嘴沉默。

不知道自己做錯什麼，倪允璨將所有怪罪到半路殺出的程咬金身上，要不是夏辰閔突然出現抽瘋，才不會耽誤他們的時間。

「距離六點還有十五分鐘。」

「嗯，來得及。」

「哦、對啊，時間好像很剛好。」不願為難自己猜測，她發出試探性的疑問。「那──你在不高興嗎？」

腳步有一瞬的停頓，特別明顯。他抓回自己的聲音。「沒有。」

「那你身體不舒服嗎？」

「……為什麼這樣問？」

她搔搔臉，此刻有不好意思的感覺，語氣裡慣有的理直氣壯隱隱浮動。「你、你臭著一張臉啊，幹麼不笑一下？」

對待倪允璨，他好像可以擁有用不完的容忍，所有無奈的根源都是浪漫暖心的縱容。男生扯了下嘴角，原先只是敷衍的笑意，逐漸因為她眼底的光亮越發真誠。

她被亮晃了眼，稍稍定神，低聲嘟囔。「是也不用那麼聽話啦……」

將近的高二下學期表示高中最苦難的三年級生活要來到，足球隊裡的高二生也逐漸要淡出部分比賽，培養高一選手臨場的勇氣與定力。

期末的隊聚不單是大快朵頤的吃喝，尤其著重商討比賽和練習的安排，時予身為主力球員，偏不愛管事，認為怎樣都好，端著藍莓塔和焦糖烤布蕾挨到倪允璨身邊坐著。

倪允璨自在地從他手裡拿過，碰上吃，毫無羞澀。

「妳下學期還當球經嗎？」

「當吧，反正沒佔據我多少時間，我也不想太早回家看到夏辰閔那個無賴。」而且，球隊有你。不能跟你疏離，能不能拯救到你還是個謎。

「嗯。」低低的應和只有一個音節。

「你應該還會繼續踢吧。學校只有強迫高三引退不是嗎？」

「不知道，其實……」

驀地又縮住話語的開端，斂下的眉眼隱藏一片陰鬱，對比不遠處身旁的歡樂，著實昏沉黯淡許多。

這是什麼能走進他心裡、聽他祕密的好運氣？

倪允璨雖然遲鈍，可不是對時予的壓抑無所察覺，問了未來她卻沒有答案，可見生命的開展已經是各自不同的軌跡。她必須做的比未來要來得多，即使此刻仍像盲人摸象。

跟時予多親近一些，不外乎是好的。但是她也不想他勉強。

「嗯、其實你不用勉強自己說，雖然我很想知道你怎麼想。」很想知道關於你、關於未來，你抱著什麼樣想法。

「……為什麼。」

「什麼為什麼？為什麼想知道？」

得到他細不可見的頷首，倪允璨陷入短暫的躊躇，她當然不能明言，因為你說的都可能是改變未來的關鍵。她想出一個好說詞。「因為你最近禮拜日給我帶的菜有點鹹，是有煩惱才會失手吧？」

後來幾次星期日的隊練，時予讓倪允璨同他不訂便當，他會多帶一份一起吃，巧妙運用做太多家裡吃不完會壞掉的理由包裝，抓準不能浪費食物為圭臬的倪允璨這一點，於是，兩個人總是避開人群，隊到偏遠一點的榕樹後面吃飯。

男生微怔，誤會倪允璨沒有味覺，原來好吃與否她還是吃得出來，應該說，原來他的異常她有關心。

「所以啊，跟我說說啊。」帶著循循善秀的淘氣。

確實拿她沒轍。凝視她清澈不假的笑顏，心裡的沉重彷彿都能消散些許。

「其實我媽一直都不同意我踢足球，她上次病發就是被我氣的。」

「咦？可是你踢那麼好，你媽是不是沒看過你踢足球？要是看過一定會引以為傲的。」

男生搖頭，低啞的聲音像綿延不斷的嘆息。「我爸的足球才叫踢得好。」

抬眼瞄了倪允璨呆懵的神色，他繼而笑了笑，笑意卻沒有到達眼底，在暖黃的室內光線下晃動著，特別不真實。

她不願意說些虛軟無力的安撫，因為責備及開脫都是多餘的，因為陪在他身邊便是此刻最好的寬慰。

「爭吵從來沒有停過，高中之後是越來越常發生，我不知道她到底是對我有著什麼樣的期望，到底是希望我將力氣全部放到讀書上面，還是更加努力、完成我爸未完成的目標。」

「你爸的目標？」

「……我爸是在出國比賽的途中，飛機失事，四十三個死亡者其中一名。」

「對不起。」

他扯下嘴角，莫名有些後悔將氣氛搞得低迷窒息，可又小小鬆一口氣有個傾訴宣洩的人，再冷靜理智，他都只是十七八歲的男生。他失笑，聲色仍低。「幹麼對不起。」

「感覺是我讓你想起難過的事。」

「沒有妳，那些事也會被一再提起。」

成為他永遠的缺憾與傷口。

如同二十五歲的倪允璨懷抱八年猶不可痊癒的殤。

我們傾向自欺欺人，寧願選擇當七秒記憶的金魚，揮霍一天又一天枯燥傷感的日子，直到每一年的同個時候，所有當時的體會、以為不會再有感觸，事與願違地全部都回到淚水裡面。

氛圍是哀傷的，另一方面看來，時予倪允璨的關係是有飛躍性的進展。

倪允璨聯絡起好些天沒有音訊的未來。她這幾天沒有什麼驚人之舉，應該不用害怕八年後有什麼天崩地裂的轉變，她一顆情緒繁亂的小心臟禁不起打擊，時予內心的寂寥和掙扎已經是她意料之外。

猶豫片刻，她還是挑了保守的問題開啟對話。

「寒假前的隊聚，我們在餐廳玩瘋了，妳當時有玩真心話大冒險嗎？」

「隊聚啊，印象中是有這個約，但是，籃球隊不是當天要比賽嗎？我被夏辰閔拉走啦，所以不知道他們玩了什麼。」

「切、妳那時候太把夏辰閔當一回事了，就該跟著足球隊的人混。」

「我那叫矜持！矜持！妳問這個做什麼？聽起來跟進度沒什麼關聯。」

「我也知道跟時空大事沒有關係，只是妳高中時都沒看出甯靖宇有什麼不一樣嗎？氣質啊、神韻啊。」倪允璨胡謅一把，幾乎不明白自己在說什麼。

說得太明白她有些羞澀。

不過是隨意閒聊的對白，沒料到未來那位腦補太多劇情。

未來飛快鍵來訊息。「等等等等，就算我不要妳喜歡時予，妳也不要給我喜歡甯靖宇啊！」

一直以來抱著不妨試試的心態期待，她要更改的事，於她的角度是荒謬不可思議得，但是，她仍然選擇告訴過去的自己，急欲阻止她生命裡最痛的悲劇。

能改變到什麼地步，未來沒有底氣與想法，十七歲的倪允璨那麼兩光，她時常都不忍直視，折騰這麼久才換來一些微乎其微的關係錯置。

雖然不知道怎麼救活阿姨的，但也不能忽視不斷將阿姨折騰病的事實。她實在很不看好。

未來冷靜理智的慢慢鍵入文字，但是，目光觸及畫面跳出的訊息又僵硬了手指，乾澀的眼睛用力眨眨。

「我怎麼可能喜歡甯靖宇！他喜歡男生妳不知道嗎？」

馬上忘記追究十七歲倪允璨的感情問題。

未來有點崩潰，內心狂風暴雨。「甯靖宇怎麼是同性戀了！他爸會打斷他的腿啊！不對，他明明前年結婚了！」

「他軍人老爸會想打斷他的腿我不意外，聽說他昨天家裡雞飛狗跳。」

這次，倪允璨沒有催促未來回覆、沒有鄙視她的手速，她非常善解人意，理解未來需要時間消化驚世駭俗的祕密。

「……倪允璨妳、妳到底做了什麼！為什麼我剛剛去翻臉書紀錄，甯靖宇的結婚照不見了，我到群組問，結果都說他出國跟他爸冷戰，一邊療情傷，搞得我被朋友關心記憶力。」

難道真的又改變未來了？

「妳沒有記錯的可能嗎？或許他本來就是個隱性同性戀，只是不巧在我的時空，他因為玩輸真心話大冒險承認。」

「不可能記錯，高三那年我還充當過一次他的擋箭牌，他被不喜歡的學妹追求，我替他斬了一株桃花。」

不可能記錯。

因為那是只有二十五歲的倪允璨念念不忘的日子。

當天深夜便是時予車禍過世的日子。

「所以之前妳額頭的傷疤不見根本不是意外，也是我不知道做了什麼、造就的小改變？」

倪允璨澈底風中凌亂了。

好不容易正式確立兩個人的關係，毫無疑問是身處不同的時間跨度，好不容易觸發改寫，可是釐清變更的因果不是簡單的事。

「很好，既然妳的世界都這麼混亂了，一定不介意我再把更多線索塞給妳，換句話說就是我目前的既定事實，妳要想辦法阻止的只有一件事，我唯一請求的一件事。」

話題的走向不可避免駛向嚴肅與沈重。

二十五歲的倪允璨終究拗不過心裡的死結，沒辦法漠視冷眼悲劇重演。哪怕是萬分之一的可能，她都不能放棄嘗試。

也許從時予媽媽活過來那刻起，心底便瘋狂蔓延起這樣的期盼。

曾經事態沒有嚴重急迫到需要考量相信與否、改變與否，然而，此時此刻，她必須全盤托出她認知世界的所有，既然分不清哪些是關鍵或線索，那麼便不要放過毫末。

「時予是我的前男友，也就是妳的未來男朋友。」

短信的輸入毫無停頓，顯然被沖擊而停擺的是十七歲倪允璨的腦袋。

根本不用糾結煩惱，甚至不用質問反省自己為什麼獨獨對他放心不下。不是身為球經的盡責、不是面對未來請求的守信，而是十七歲最青澀的喜歡。

她無從懷疑，同時要認栽，兩次都折在那個男生手上。不過，眼下最重要的是，她喜歡的人、會在明年永遠離開她。

光是念頭閃過，就能感受到重物狠狠撞擊心臟的悶痛，不緊不慢的帶來讓人窒息的痛楚。下一瞬，她收住散漫的想像，八年過著沒有時予的日子或許不是多難，八年都活在回憶的陰影底下才是對人生的止步不前。

她握著手機沒能回應，被動接收未來不斷衝入內存的訊息，直到最後歸結於一個命令，更似祈求，低至塵埃。

「倪允璨，妳必須好好守護時予。」

他的死亡會成為妳青春燙傷似的疼痛，留著永遠不會消失的傷疤，時隔漫漫八年都無法走出回憶的陰影，茫茫人海妳不願意錯過任何與他相似的背影、喧囂紛擾妳都不甘心補捉與他相仿的聲息。

這樣繾綣的牽扯，太溫柔疼痛。

如果可以，這一次，她要有個不一樣的結局。

本來刻意傳送訊息是要詢問關於時予的家庭問題。

多此一舉地做了自認完美的開場白，反倒是將編排好的後話全忘了。

終章

當下，我以為時間很重，會重得連時針都走不動，沒想到我輕輕一吹，時間，卻再也沒回來過。

——新海誠《言葉之庭》

♥

她要拯救他。

發現可以時空對話，她只有這個念頭。

這不是不相交的兩個平行時空，是過去可以改變未來的時空異常。

她的文科破腦袋想不懂宇宙發生什麼變異，但是，她很清楚不能再讓死亡帶走記憶裡的男生。

她要他活著，不論如何。

就算他不喜歡她、她不喜歡他都沒有關係，當時間來到關鍵的那個點，能留下時予的生命，她會怎麼樣都無所謂。

可是，未來很迷茫。

她到底能不能試圖改變對於她是既定的事實、她到底能不能承受違背命運齒輪所造就的反撲，畢竟兩全其美的事並非常有。

「妳永遠都必須記得很清楚。」

「在我的世界，時予的離開是事實，但是在妳的世界，他還活著，他活著、為他的母親與最愛的足球好好活著，這就是差別。」

「時予還活著，這就是一種幸福。」

字字句句都隱藏鋪天蓋地的沉痛，也許還有更深一層的後悔，都是她的兩光迷糊，沒能感同身受那個男生的抑鬱和痛苦。明明是身處貼近他的距離，實際因為她的粗枝大葉，像在天涯咫尺。

他還活著、他還活著。

這是遊走夢境依舊無法輕易被實現的的願望。

如今，心情是掩息在心底深處的火花重新被翻起，痛到要掉淚，卻捨不得放開這份奢望。

「幹麼要妳的世界我的世界的說話，我們兩個根本是同一個人，只是時間軸上的差距吧。再怎麼成長，也不會發展判若兩人的性格，妳這麼想跟我撇清關係，原來長大的我變得那麼市儈嗎？」

試圖讓輕鬆歡快的節奏語調舒緩無所進展的焦慮，沒想到好似擲下一顆石子，漩起更大更大的漣漪。語句上滿是對自己輕率的嘲諷。

「一個無憂無慮、混吃等死的旅遊作家和失去年少初戀情人的旅遊作家，妳覺得是同一個人嗎？」

倪允璨僵住牽強的笑容。

至今的喜歡不夠深，不免擺脫不了少女不成熟的小任性。原來我長大成了旅遊作家、原來未來從來沒放下過時予的去世。

然而，更仔細一層思索起未來的話語，死亡的重量厚實壓在心口，全身都涼了涼。

如果當時間重合的那個點，我們沒辦法並肩而行，儘管必須背對背走向各自的風景，沒有什麼比你活著、能讓人感動慶幸。

倪允璨對於能不能放任自己的喜歡生長，深感比數學排列組合難解。

相識是必然、相伴是必然，那麼相愛呢？

不論答案是肯定或是否定，最後都必須歸於一個立論成立。

時予要活下去。

比起澈底失去他的傷心，他們沒能在一起顯然算上輕微。

♥

咬著手裡的大熱狗，裹著毛呢大衣在路上閒晃。剛過一個拐角，腳步讓一台阿婆緩慢一呀路過的推車止住，目光閒散地飄移。

這該死不用去學校的寒假。

她忽然定點在下一個街巷的熟悉身影。

那個她整個年假、整個寒假都想見一見的人，絞盡腦汁各種理由，沒有一個不唐突古怪，建立千百萬次信心後依舊頹靡著放棄。

而且那個人自從手機摔壞後就更難聯繫了。

如今是得來全不費工夫。倪允璨覺得自己今天真是太幸運了，昨天晚上刮刮樂沒有中獎的運氣，肯定都留存到今日。

等到阿婆順利過了橫向馬路，倪允璨再次將視線放遠到男生身上，卻是嚇得夠嗆，思考趕不上動作，拔腿衝上前。

沿途好幾個腳拐都沒有阻止她跑到他身邊的決心。

然後，很用力、很用力，雙手圈住男生的腰際。

後座力使然，除了自己的力道還有男生的重量，倪允璨狠狠踉蹌兩三步，儘管跌坐到地上，看似沒有肌肉的手臂仍然牢牢緊箍著他的腰身。

男生腦筋沒轉上，楞楞低頭半晌，竭力要扯開那雙手、要扭過身子或是起身看清情況。女生卻是在鬆了瞬間繃緊的神經後大大喘息著，抬眼直直望向閃著紅色燈光的交通指示，氣不打來，怒火燒灼得後腦、腦門，以及臉頰都發燙。

在寒風刺骨的冬季，吹不散她全身猛然湧起的熱氣。

還沒說話，朦朧的視界內紅燈都在搖晃，倪允璨粗魯地抹了眼睛，擋不住眼睛發紅，開口的聲音沙啞無比，隱隱有些顫抖。

心有餘悸。

「時予你白癡嗎！出門沒帶腦子也沒帶眼睛嗎！有人過馬路是看著地板的嗎！」

每個字都在發抖，像是根植內心的恐懼突然奮力出土，不斷生長，直到攀附整個心臟，緊密得透不過空氣。

原來當噩耗來到眼前，或許相差一瞬，他們會就此錯過。

沒有到臨場，再多想像與設身處地都是徒然。手腳末梢神經都是沁涼，蒼白的雙唇還不可抑制微顫，倪允璨稍稍醒神，深深又長長的呼吸吐氣，努力平息合理的憤怒與不合理的驚恐。

那種見鬼似的害怕，只有她自己明白因果。

「倪允璨妳怎麼……」

遲疑的話被一陣搶白。「我怎樣！我救你這個危害交通安全的混蛋、我……」

沒有能力組織更多語言，一抽一噎的，眼淚撲簌簌掉下來，她想站起身子，當場在街角大哭很丟臉，但是雙腳有點軟，不受控制。

原來生與死的交界遙遠又靠近，他待在自己觸手可及的地方，有溫度、會說話，這個名叫時予的男生牽著自己的手，感動美好得讓人停不住淚水。

失措地僵硬雙手，時予剛轉正身子面對她，立刻被她一把撲抱住，哭得很心碎，像是小時候失去最珍視的玩具，天塌了一般。

不知道該置放何處的手終於勇敢觸上她的肩膀，繞過背部停駐上頭，給予溫暖給力的存在感，分分秒秒都在深刻他沒事的事實，懷裡的倪允璨哭得更加賣力，無聲的，可是淚如雨下的。

小小聲的抽噎哭得他莫名胸悶起來。時間流逝，越發承受不了。

將她帶離市區鬧地，直走、拐彎、再直走，走到人跡稀少的巷弄，任由她哭到埋在他的肩胛顫抖，泣不成聲。

「別哭了。」

哭得他都想一起哭了。有個人比他自己還在意他的安危。

這個人，鬆懈了、安心了，藏在他懷抱裡哭得像個小孩子，這份陌生的依賴，落在他心裡最柔軟的位置。

將她的手包覆在自己的掌心，那種溫暖好像可以把所有冰涼恐懼撥開。

「別哭了，我衣服都要濕了。」他溫聲的調侃自頭頂傳下來。倪允璨眨眨眼睛，扯著他的衣角躲著不放，深覺有點沒面子。

哭得太豪放。

「……這種天氣很快乾。」囁嚅的聲音很有撒嬌的味道，都要將他的心化了，她無所知覺。

艱難低頭盯著她一點點神色，有點懵有點明白。「妳以為我要幹麼？」

原本繃緊的臉部線條已經放鬆，凝望她通紅一片的臉龐，忍不住抬手捏捏她的鼻子，沉穩的嗓音含著輕軟的笑。

「我……」

「我只是在想等一下要買什麼菜，想得有點入神，才沒有注意號誌換了。」

……倪允璨陷入兩難，不知道是該丟臉得把自己埋了，還是爆打一頓這個罪魁禍首。

因禍得福是時予說會答應倪允璨三個要求，無條件的，不能反悔的。

倪允璨彎了眸子，笑容很甜，「禮拜四我們去看電影，每個假日我們都出去玩，隨便去哪裡都好，就這個城市。」

「這是第一個要求？」

時予似笑非笑，他很少笑得這樣玩世不恭，如此的反差萌得倪允璨心跳微亂，沒自覺得拉著他的小拇指，大力點頭。

「這聽起來像是兩個要求。」

「哪是這樣算，這明明是一個，我合在一起說啦。」

看見她明媚若朝陽的笑顏，剛剛為她情緒崩潰擔心的思緒消退一些，忍不住跟著勾了唇。

沒忍心打擊她的邏輯，這是專屬她世界裡的道理。

他能守護便守護吧。

「假日出去玩變成例行公事？」

倪允璨皺著鼻子，戳著他掌心的動作在他眼裡倒像是撩人的撓。「沒辦法呀，你手機壞掉啦，又不能經常用電腦，我們很難聯絡呀。」

「好。」

「你答應了！」得逞的小模樣彷彿惡作劇成功的小孩子。

「我可不是妳，不耍賴的。」

「切。」心願達成，倪允璨對他吐了舌頭，不跟他計較。

這一秒，此時此刻，好像有什麼改變了，又好像什麼沒有。

他還是喊她倪允璨，她還是喊他時予，他們還是一個無理取鬧一個溫柔縱容，他們明明牽手，卻沒有說隻字片語的浪漫。

時光與西下的夕陽都流淌在身後，照在身上全是暖融融的氣味，兩道並肩的影子也被拉得好長好長。

杜拉斯曾經說過：「我遇見你，我記得你，這座城市天生就適合戀愛，而你，天生就適合我的靈魂。」

走走停停於這個我們生活我們成長，我們相識的城市，任何一個枯燥無味的地方都值得我們一起旅行，因為那是只屬於我們的記憶。

二月底開學前，倪允璨與時予跑遍居住的這個城市，原先認為普通單調的每個場景，有彼此都變得有趣。

去過臨海的濕地，跑累了便在遠方的木椅子相互依靠著坐下，傍晚的風將她長長的頭髮拂亂，時予卻是怕她冷，褪下寬厚的外套罩在她身上。

靜靜望著華燈初上。

也去過誠品書局待上一個下午，避著突如其來的午後陣雨，有著寧靜偷閒的時光。

背對著背坐著，倪允璨無賴地將所有力氣卸給他，軟軟仰賴他支撐著，沒心沒肺翻閱起手中的原文小說。

也有混在人潮擁擠的補習街區的商場逛著，有夜市小吃、有讓人眼花撩亂的衣服，有吸引倪允璨的唱片行和文具店。

偷偷牽手的小舉動也曾被對方班上的同學撞見。

嘴上嘴硬說「有什麼關係」，倪允璨眨眨眼睛，盯著時予燒紅的耳根，她反而像是調戲良家婦女的角色。

彼此都沒有忽視彼此眼底溫暖又深深的笑意。

儘管如此，倪允璨依舊忐忑不安地迎接開學日，沒想到率先掀起風暴的是兩校學生會的事。

準確說是，清陽學生會副會長和清華學生會副會長的事。

「夏陽男神怎麼可以去追清華的女生！太打擊了吧——」

「就是就是！那個女生有什麼好的！不就是佔著是學生會的幹部，難道是她纏著我們男神！」

「必須是啊——」

將所有流言蜚語聽過一輪，倪允璨含著從夏辰閔手中搶來的棒棒糖，非常浮誇地吐出一口氣。

她支著頭，有些口齒不清，「怎麼沒有人要先關心一下我們夏夏CP怎麼辦呢？哎，真讓人憂慮呀怎麼辦呢。」

「不要用這種語氣。」夏辰閔嫌棄。

「哎呀，夏辰閔你不能因為情場不順就用這種方式報復社會。」

他冷笑，「妳好像就挺得意的？」

驀地一噎，倪允璨縮縮腦袋，閉上嘴，夏辰閔就是目擊者之一，結束跟球隊聚餐在夾娃娃機的機台前面看見我跟時予。

乾笑幾聲，迅速擺手，「沒啊，誤會。」機智的將話題轉開，「所以說真相是什麼？夏陽男神在追清華副會長？」

「可能吧。」

「是，整個有參加學生會幹訓的人幾乎都會點頭。」

「不是吧——我們夏陽男神就這樣被別校的搞定了？」

崩潰了一分鐘，喃喃自語地碎念幾聲愛屋及烏，腦粉倪允璨才撿回一點理智，撐著雙頰癡癡盯著顏汐。「妳哪來的小道消息？」

後半句的話簡直就不能聽了。

完全是三姑六婆打聽八卦的興奮。

「我家許暘離是北高公關長，他也參加寒假的那場幹訓，我在蒐集消息時剛好聽見的。」

已經不只一次聽顏汐後悔當初沒有去加入學生會。

我家的。對於這樣佔有的字眼，倪允璨瞇了瞇眼睛，猶豫的目光觸及顏汐興高采烈又高傲的神情，默默吞回肚裡。

倪允璨與顏汐的相處，偶爾一如往昔偶爾生疏，不知道什麼時候出現斷層，發現的時候努力回頭找，一個滿心都是許暘離，一個著急要改變未來。

第二週的英文課，老師讓學生提名幾個會唱歌或喜歡唱歌表演的人，指令下得很神祕突然，班上氣氛還是鼓譟熱鬧起來。

曾在一日班遊車程中唱歌的同學大多都被抓出來，倪允璨也是其中之一，不過，她那時候重感冒，音色不是很好，顏汐倒是稱讚了她的音準。

「這幾個、這十三個的同學回家準備一首英文歌，明天下午的課上台表演，可以帶歌詞，今天晚上八點前曲子傳到班群，我會儘量找伴奏版的。」

「欸——為什麼我不要！」

「歌唱比賽嗎？太臨時了吧——」

「好爽明天等於不用上課，聽歌就好啊。」

倪允璨沒什麼喜怒，她喜歡唱歌，也不害怕上台，低著頭思考起最近流行的曲目，一面翻著誰最近又發行單曲。

直到下課，其他同學還在猜測老師的用意，眾口鑠金，沒有正解。

還在翻歌單，倪允璨隨口答：「下一課的課文好像跟克服上台表演有關，可能老師想玩這個吧。」

同學們恍然大悟，但是，更多是在驚奇，她已居然預先到後面乏味的文章，果然是英文學霸。

然而，事實證明，沒有人猜對。

十多個人輪完已經耽誤到下課時間，反正只要不是上正課，全班沒有人反彈抱怨，反而挺沉浸氣氛裡的，偶爾還要帶頭喊幾句安可。

最後一個人一曲既終，老師才笑著宣布：「下個月初有一場校內的英文歌唱比賽，班際活動，一個班級各自組隊，當然，可以不只一組，也可以自己一個人。」

全班一片喧嘩，老師用力敲兩下黑板才漸漸平息下來。

「剛剛的表演只是要告訴你們，如果我們班沒有任何自願隊伍就會從剛剛那些人裡面強制參加，老師是希望呢，大家可以自願性的踴躍參加。」

倪允璨接受到夏辰閔要她自求多福的眼神，一聽見老師高喊下課，她再也坐不住，慌忙的模樣像奪門而出。原本想要找她討論的顏汐蹙眉，疑惑地朝夏辰閔望去。

他聳了肩，無所謂道：「誰知道，大概人有三急，跑廁所。」

於是，追了兩個班級倪允璨才拉到時予的手，沒說上話，立刻打了噴嚏。

「感冒了？」時予立刻擰眉，微涼的手探向她的額頭，倪允璨乖巧的不閃不避。倒是被他手指溫度嚇到。

倪允璨一把捉住他的手抓到眼前，「你的手為什麼那麼冰？你才感冒吧。」小小軟軟的雙手摀住他的。

被她眼底真誠的焦急暖燙了心。

讓她握著，時予溫聲問：「快上課了跑出來幹麼？」

提及此，倪允璨想起什麼似的，漾開星光耀眼的笑，一雙笑眼彎彎如月，晃起他的手。

「你剛剛在走廊偷聽我表演隊對不對？」

「沒有。」

倪允璨才不相信，她分明看見他了，他還對她笑。「騙人。你還往李哲佑後面躲，我有看見。」

「妳不是也一樣耍賴，拖到最後一個才表演。」被拆穿也不見他尷尬惱羞，時予被她感染了理直氣壯。

咧了嘴笑，她附和點頭，「聰明吧，可是累死我啦，一下跑廁所一下要夏辰閔裝病帶他去醫護室，好不容易拖到最後一個。」

鐘聲不留情面敲響，倪允璨還有很多很多話想要說，頓時垮下明媚的表情，哀號一聲，討厭，下課時間太短啦。

原本時予只是靜靜聽她輕快說著，神色十分放鬆，盈盈好看的長睫下，漆黑的眸底噙著不可質疑的笑。

「好煩，我們教室一個頭一個尾，來回跑就浪費一分鐘了。」

「沒有那麼長。」他失笑。「而且是因為你們唱歌表演拖到下課時間。」

「那你覺得我剛剛唱得好看嗎？」

一瞬見陷入她深深的梨渦，眼光沉沉深邃，牢牢被倪允璨驟然閃亮的眼眸攫住，忽然忽然，很想吻她。

心口熱燙。

一個傻子一樣的笑著，一個呆子一樣凝望著，居然沒有人發現她不是問「我唱得好不好聽」。

自然是好看的。

記得她說這節是英文課，鬼迷心竅的逼著李哲佑陪他自己路過，最後，被她如海風的嗓音扯住步伐，副歌唱得清爽流暢，投入的情感彷彿海邊的濕氣，輕易將人感染。

她的眉眼都在笑，瀏海有些凌亂，很有她的風格。

然後，再也移不開視線，連李哲佑都喊不動他。

前一天晚上倪允璨就拉著時予在挑歌，少說哼哼唱唱有十多首，沒有一首完整唱完，而且帶著不正經的俏皮，經常轉音轉著就笑場。

這樣小小破爛舞台上的倪允璨，卻彷彿聚集了最多的聚光燈，他心底的晦暗都被撥開吹散。

♥

「所以妳要參加嗎？」

迷迷糊糊啊了一聲，前一刻正在腦中抱怨這青花菜炒得真難吃，沒有及時跟上時予的話題。

倪允璨咬著筷子尾端，被時予敲了下，頓時露出委屈的神情。

「參加啊……加我總共五個人，他們說要以歌舞劇形式演出！光速拍板定案啊！」

「聽起來還不錯。」

「什麼還不錯——」奮力戳著餐盒裡煮得過度軟爛的青菜，倪允璨根本是欺善怕惡。對座的男生瞥一眼想笑。

她鼓著腮幫子，「他們要我當女主角啊。」說起來就令人失智、失去理智！「我怎麼可能當女主角！光是想像就胃痛，為什麼我不能好好當一個配角、好好唱歌就好！」

「覺得妳優秀啊。」時予輕淺笑了，有點暖心。

鋪天蓋地的焦慮並沒有消失，只是可以稍微忍受。她固執伸長手去拉他擱在桌面的手指，捏著把玩著。

「我覺得我不行，這種組隊的班際比賽，我要是發揮失常影響到的還有其他組員，他們會恨死我的。」自責也會壓扁她。

「都還沒開始練習、連歌曲都還沒選，妳就擔心失常？」

「哎、沒辦法呀，所以我原本還考慮過要自己一個人報名，輸掉就是輸掉自己而已，多沒壓力，當作去KTV唱一首就好啦。」

她看起來真的很煩惱焦躁。

他們離教室相隔一段距離，沒什麼人聲嘈雜，低低的語氣及失落顯得越發膨脹巨大，時予摸摸她的腦袋，眸光閃爍心疼。

除了顏汐，倪允璨確實沒有什麼太多的女生朋友，多是勉強稱上同學，輕描淡寫打個招呼那種。

不過是近期跟顏汐走遠，逐漸有結識其他女生，許多女生們都說以為畏懼她與夏辰閔青梅竹馬的關係，以及誤認她會古靈精怪到不好聊天，實際性格挺蠢萌的。

她並不熟悉團體合作，因此會有這些瞻前顧後。

然而，這些時予能夠理解，起初進足球隊的他心境如出一轍，深怕自己的能力不足拖累了隊員。

「很多人都是擔心怯場，妳卻是擔心連累組員。」

「團體賽都要擔心的吧。」她可不認為這個庸人自擾，揚起眉與他對視。

「妳知道為什麼他們選妳當女主角嗎？」

一愣，似乎沒去思考過，倪允璨眼神迷茫。是啊，為什麼呢？隊伍裡面有漂亮出名的顏汐、有台風穩健的班長……

為什麼會是我？

當時只顧著拒絕，將頭搖得像波浪鼓，什麼都沒來得及細想。

一定不是為了讓她出糗，也不是要她承擔比較多責任，是啊，我們是一個團隊。

她有點遲疑，「他們覺得我適合？」

也許倪允璨平時挺臭美的，但是，重要事情，她的自信總是會被狗啃了。

她不安的時候手指會無法靜下，轉筆、捏手指什麼的，時予老早注意到，反握轉而包覆住她的手，輕輕摩娑著她的指骨。

給人許多悸動的曖昧，同時，撫平她紊亂的心情。

「時予，你覺得我要答應嗎？」黑亮的眼浮浮晃晃的著一片無助，聲色微啞低沉。

「倪允璨。」

確認她認真也望著他，黑眸中有一抹淺笑一閃而過，溫柔的嗓音慢慢道：「我不會說支持妳答應或不答應，我支持的就只是妳的決定，不論是什麼。」

倪允璨心裡已經有個決定。

但是，她還是想要詢問未來當初做了什麼樣的選擇，嗯，純屬好奇。

「哦，我有參加英文歌唱啊，只是沒有接主角，怎麼了？妳也正面臨同樣煩惱嗎？」

「妳怎麼想？」

仔細看，確實與她原先說給時予聽的擔憂一模一樣，只是，這次她做了截然不同的決定。未來緊接著傳來訊息，「夏辰閔跟我說害怕就別參加，時予卻是跟我說如果有一點害怕會後悔就去參加，看來我當時是更害怕失敗吧。」

仰著頭髮呆，倪允璨陷入自己的思緒，良久，她才緩慢鍵入幾個字。

也許，時空的異變是要她勇敢，至今，她抉擇了太多與未來澈底相反的路，誰也說不準其中的好壞，也因為如此才令人惶惶不安。

如果，如果八年後、十年後，甚至二十年的未來都沒有時予，她還能夠像現在這樣有足夠勇氣面對嗎？

趕在走進補習班之前按下發送。

「真的不一樣了吧，不只是妳我，還有時予。這次，時予說的是支持我的任何決定，如果沒有這樣的他，說不定我會跟妳一樣，那麼，不就一樣是原地踏步嗎？」

沒有說的是如漲潮般逐漸襲進的恐懼。

怎麼辦、越來越害怕往後的日子會沒有時予這個男生。

難得時予比她要早出了補習班等在一樓的電梯旁，遞了巧克力牛奶到她手中，她眼裡泛起愉快，他自然感到窩心。

倪允璨什麼都沒有跟時予說。

不過是回家的途中，她一遍又一遍重播著組裡正要票選的曲子，不厭其煩的，他露出笑意，明白她會如何選擇。

感應似的，她側首，恰好與他含笑的溫柔眼眸相交，她揉揉鼻子，有點抹不開臉，用力扭回頭，佯裝鎮定繼續聽歌。

時予好笑的搖頭，連她的矯情都很喜歡。

注視倪允璨格外專注的臉龐，夜光朦朧間，月光像微亮的金粉輕輕灑下，沿著她的輪廓，散發柔和美好的光。

讓人難以移開視線。

她正鼓起勇氣去做成什麼，而他說著勵志好聽的話，卻怯弱的躊躇不前，彷彿苟且偷安。

習慣了不聞不問就不會有爭吵。

迴盪在寂靜城市裡的音樂遮蓋過時予的嘆息，倪允璨笑容的映照下，一竊一切都顯得黯淡，以至於，她沒有發現時予隱藏在垂眸斂眉動作背後的沉重。

只有兩星期的準備時間，倪允璨每天都吞一顆喉糖，也要求媽媽準備水果補充維他命。

她們挑的曲目故事中並沒有男主角，充其量是一些配角，像夏辰閔這種倪允璨眼中的花瓶便被拱上來當裝飾，蹭點顏值分數。

起初跟著夏辰閔對戲，倪允璨老是笑場，怪尷尬的，比賽時間逼近好不容易終於做到將完整的情緒安置好。

儘管經常留校練習，好幾天沒有去時予身邊當跟屁蟲，足球隊練習的日子她絕對不會缺席，她是稱職稱職的球經，多強而有力的理由。

畢——

「中場休息——」

倪允璨飛快起身，目光掠過所有閒雜人等，直直落在時予身上，四目相交，他卻擺手拒絕她的毛巾與礦泉水。

深邃如海的眸子洶湧著拒人於千里的冷漠和決然。

眨了一下眼睛，懷疑只是海市蜃樓的殘影，倪允璨重新望向時予，他已經左右左右、俐落操縱著足球跑遠了在練習。

怔在原地，甯靖宇站到前方揮手都沒有回過神。

「球經妳太偷懶了吧，連我們時予的水都不給了。」

「啊？」

甯靖宇咋舌。「不會是懲罰吧？時予這幾天狀況不是很好啊。」

「他怎麼情況不好了？他身體沒事啊。」話及此，她便坐不住了，扔下水就想跑，被甯靖宇一把拉住。

她跳開幾步，雙手上下隔擋，防變態的架式十足，甯靖宇翻了大白眼。

「我對妳沒興趣，神經病啊？」

她拍拍胸口，「也是，我是女的。」虛驚一場，誰讓她被未來影響太深，她的話很洗腦，怕被誤會。

突然接不上話，有點脫力，他總不能大吼「對我就是gay」，哀怨瞅瞅她，這女人太難聊了。

「妳不是都在場邊看嗎？他有好幾球都踢偏了，一些不應該犯得低級錯誤也都犯了，還不失常嗎？」

光速報備好正事，擦汗的毛巾隨意往地上丟，轉身跑進練習隊伍裡面，留下獨自愣神的倪允璨。

像是無意識的，她的世界裡只剩下那個沉默倔強卻堅強的男生，護腕灑脫抹抹額際的汗水，所有人都看見他的光芒。

那麼，他的脆弱、他的逞強，她知道就好，她來守護就好。

沉著冷靜是他、彆扭害羞是他，壓抑退縮同樣也是他。

倪允璨突然感覺到一陣淚意，眼眶迅速紅一圈，繞燙熱燙的，她吸了鼻子，低頭收回眼光，平息躁動的心情。

然而，一則訊息、一件悲事，倪允璨眼前一黑，跌坐回看台鐵椅上，手指扳住座椅鐵板，克制不住的絕望湧到喉嚨，快要將她的理智淹沒。

彷彿費力抱住一根浮木，浮沉於無邊際汪洋，曾幾何時，她計較著未來帶來著短信。

在意著為什麼總是救不到時予。

倪允璨抬手擋住眼睛，遠遠看像是阻隔球場上的風砂，一時沒有引起大的騷動或關注，淚霧中，那個男生驕傲地佇立在球門前方要防守。

大口呼吸著，另一隻手壓著左胸口，宛若閉氣許久的人，自由的空氣卻沒有給她輕鬆。

她再一次面對新訊息。「一個好消息一個壞消息，好消息，阿姨沒有憂鬱症和躁鬱症，壞消息，她是ＰＴＳＤ。」

ＰＴＳＤ……

連高中生她都知道是創傷後壓力症候群。為什麼……

除了親人驟然離世還有什麼……

「忙這麼久改變的都只有時予媽媽，我們都只是在浪費時間……」

浪費時間，她忍不住眼淚，所以時予還是會死。

未來的難受不比她少，不過是她已經失去時予的生活八年，希望和失望的擺盪沒有十七歲倪允璨深沉。

「不要自暴自棄，妳去認真想想，一定跟時予有關。」

越思考腦袋越痛。徒留一道冷酷無情的宣告在迴響「妳救不了他」。

「我跟平常一樣的去探望阿姨，但是阿姨卻露出非常驚訝的樣子，根本不是前天才見過的正常反應，一聽到我是清陽高中的，她整個人開始顫抖，把我轟了出來。」

「是經常照顧阿姨、陪阿姨說話的人告訴我病情的。」

英文歌唱比賽的名次倪允璨一點都不關心。

她很焦慮。

一張白紙很快被她的手寫的紊亂筆跡破壞，畫不出連結、思考不出因果，更是推理不出可能的答案。

順著時間軸向前再一次謹慎回憶……最後一回兩人的對話停留在他要她比賽加油，之後的都是短暫的問候。

她錯過了什麼？

足球……

腦海中的畫面換燈片似的切換，像是被設定錯誤的時間間距，快得讓人抓不住，耳邊充斥著太多雜音。

倪允璨咬著下唇，恍恍惚惚，有什麼破繭而出，很慢的，越來越清晰。

你應該還會繼續踢吧。學校只有強迫高三引退不是嗎？

不知道，其實……

其實我媽一直都不同意我踢足球，她上次病發就是被我氣的。

鼻子酸了酸，斗大的淚水打在手背上，她怔然，意識到自己哭了。

盯著晶瑩的眼淚出神，悲傷變成一件不用釐清原因的例行。

時予這幾天狀況不是很好啊。

他有好幾球都踢偏了，一些不應該犯的低級錯誤也都犯了，還不失常嗎？

是家裡，窗簾拉開了一半，光線歪歪斜斜透進來，明明暗暗，並不是很清楚。倪允璨縮在床角，惺忪的睡眼要平時迷茫，臉頰還掛著欲墜未墜的淚滴，凌亂的頭髮被她抓得更亂了。

抬手耙了耙頭髮，支著腦袋瓜，臉色有些白。

時予，或許我知道你為什麼困擾、為什麼煩惱。

可是，如果我在你面前提起，你會誠實回答我，或是雲淡風輕繞過？

♥

只有風平浪靜的過一日，還沒有辦法知道該怎麼向時予開口的倪允璨便坐立難安，總覺得是暴風雨前的寧靜。

未來沒有再傳來更新的消息，約莫又是止步不前。

究竟什麼改變了、什麼沒有？

她與夏辰閔劃清朋友界線是相同的，差別是這一次在高二這年便塵埃落定，她有她想要守護的人，他也有一個感動他的人。未來說她拖到時予過世，她接受不了任何人的關心，決絕且固執推開所有人，夏辰閔便是其中之一，再次斷了聯繫，直到他上了大學交女朋友才恢復斷斷續續的聯繫，終究不比從前。

她與顏汐走遠也是一致的，但是一樣按照原劇情是在高三。

真正改變的好像是時予媽媽的生命、爸媽的婚姻關係，還有甯靖宇的性向。

好像都太微小。

她像迷失方向的行者。

不知道該往哪裡走，才可以拉住時予。

她絕對是不能直接開門見山的攤牌，不可能期望時予主動說出自己的心情，時予有多倔強、自尊心有多高，她比誰都清楚。

倪允璨捶捶腦門，都怪她平時太腦殘了，一點都不可靠，時予才不把困擾和傷心的事告訴她，變成只有她在依賴。

每次失神盯著他的側臉，被抓包的頻率多了，她都快隱藏不住自己的欲言又止。

感受到他溫暖得令人沉淪的氣息，她又會猛地警醒，不能再繼續待在他身邊醉生夢死，可是，該怎麼做竟然比任何物理定律的解釋還要困難。

春暖花開的時節，讓人鬱悶的事情倪允璨掰著手指頭數都數不完。

四處宣揚憂鬱春天。

甯靖宇一面擦汗，嗤之以鼻，「惹我們家時予生氣了？」

「啊？」

「不然春天不是應該是思春記嗎？」

「啊？」

難聊，甯靖宇一臉「妳智障，我不想跟妳說話」。

倪允璨呆呆的，總覺得他腦迴路跟別人不一樣，他說什麼她沒有一句聽得懂。

「別人的憂鬱星期一是沒有週末了，妳的憂鬱春天是沒有男朋友？」

「我是沒男朋友啊。」高中生是早戀吧。

顯然，多數人眼裡不是這麼一回事，恰好路過的幾個足球隊員們一致點頭，都將倪允璨的反駁當作害羞和玩笑。

「我們時予很單純的，妳不能跟他玩曖昧才始亂終棄。」

……

「妳為什麼沒有跟顏汐同一組？」

預料之外的單刀直入，毫無疑問愣在原地。

已經來不及遮住分組名單，後排的同學繞到身旁抽走紙條要交到講台。

眼神飄了下，她掄起拳頭，「你說你是關心顏汐還是只是想聽八卦？」

夏辰閔挑了眉，用「少說沒用的廢話」這種威脅目光盯著她，她更心虛了，有點無所適從，死命撐了一會兒，終於像洩氣的皮球，癱下來。

趴在桌上裝死。

不喜歡她這樣逃避，尤其是逃避他的關心，夏辰閔以筆代手指推了推她的額頭，自然立刻被她心煩意亂擋開。

「我幹麼一定要跟顏汐……」她大嘆了一口氣，音色愈走低迷，「可能我最近跟時予太常跑一起，她也比較常跟其他女生聊我比較沒有興趣的事，然後就……」

就不知不覺走遠。

或許是在英文歌唱比賽之後，或許是更之前，她有看見端倪，只是沒有上心，以為這是很難容易在時間裡撫平的尷尬。

倪允璨的無助不安全化成行動，緊緊黏著時予，儘管什麼也不能說出口，只要待在他身邊，看見與感受他的存在，心口的鼓譟便能小一些，所以她將大半的時間都耗給她。

起初是為了蒐集和北高許暘離相關的資訊，顏汐和那群經常留意各校校版更新的女生交好，後來越走越近，也許，她們本來就相像，甚至越來越像。

她們討論彩妝、保養，以及幾個韓團演員，這樣的話題都是以顏汐為中心，都染著顏汐的風格和喜好。

確實新一學期顏汐的女神稱號在學校越來越盛名，要不是她和夏陽男神近乎沒有交集，絕對會被拿來配對。

因此，仿效、模仿的人不在少數。

不經意經過，會聽見她們不避嫌的討論著別校的誰，好的壞的，羨慕的批評的，像是要將他們的生活層層撥開，比藝人還要失去隱私。

好幾次想和從前一樣和顏汐說話，倪允璨最終還是走開。

她也變得和同是校刊社的同學熟稔，還有幾個因為公民課世界咖啡館活動聊過天、分享過觀點的同學們走近，兩人都各自不同的朋友圈。

有些親近的關係走散，想起來邊讓人遺憾，可是，也不得不承認她們本來就不那麼一樣，彼此都有光芒，也彼此都有稜角。

夏辰閔很少看她這樣懨懨的神情，像隻討不到飼料吃的貓，下意識要摸摸她的頭卻又頓住，開始思考是不是該告訴時予。

打從時予送過麵包麻煩轉交開始，彷彿得到夏辰閔的認可，照顧這個莽莽撞撞女生的重責大任，近乎要移交給他。

很久沒出現的夏陽不改清冷，「你這爸爸角色適應得滿好的。」

「你追人不是也很一套一套的？」

提及此，沒有惱羞、沒有翻臉，一臉泰然。「我高興，跟你無關。」

能把這麼冷酷無情的話講得繾綣溫柔也是讓人稱奇。夏辰閔睨了他一眼，要命，談起戀愛來，男神徹底不男神了，高冷的人設都給他玩壞了。

扯回飄遠的心思，低頭瞧還真的裝死裝得很透徹的某人，以為這樣就可以避開逼供，什麼時候這麼傻了。

女生們九彎十八拐的複雜想法他哪能理解，除了理解她、理解裴宇薇，他還真沒有試圖去煩惱其他人。

轉著手中的筆，夏辰閔沒說話，最終，提筆替她在畢業旅行通知單上註記下小重點和提醒，免得這人丟三落四。

突然，一天晚上，收到未來的短信。

「簡訊能傳語音嗎？」

「如果可以，給我一段時予的聲音吧。」

二十五歲的倪允璨想他了，無庸置疑。

曾經一起的合照，以及留存在畢業紀念冊上不會斑駁的彩圖，已經不足夠讓未來止住思念。

聲息拉扯記憶，未來不會不知道，只是寧願因為懷念有了著地點大哭一場，也不要卡在這樣不上不下的陰鬱。

她的遲疑和惴惴不安來自不知道該不該繼續為失去時予悲傷，時予究竟能不能活終究是個未知的謎。

而她，現在的她跟時予生活在一個城市，忍著想念不見，說不過去吧。

倪允璨瞥一眼牆上的時間，換下睡褲，匆匆起身裹了輕薄的外套，咚咚地跳下樓，被從房間出來喝水的母親大人抓得正著。

上下打量她，邋遢，不像出去約會。倪母安心些，「這麼晚了還去哪？」

「買畢旅的東西，發現少買了。」

「昨天買了一個晚上還會漏買？妳腦子有帶出門嗎？」倪母蹙眉，彷彿沒意識到自己質疑的語氣中滿滿的不友善。「少買一些零食，去站站體重機面對現實一下。」

瞧瞧，這就是她母親大人呦。倪允璨拍拍小心臟，很堅強。

再說，雖然說藉著買齊畢旅用具的理由，實際有大半的時間消耗在足球場，倪允璨陪著時予自主練習，補上取消團體練習。

時予怕她無聊，本來不要她等，最後卻是演變成倪允璨慢跑了三十分鐘，差點小命不保，毫不客氣拔上時予的後背，指使他揹他去喝水。

兩人都是汗水淋漓，倒是不分彼此了。

汗臭得可以，誰也不能嫌棄誰，倪允璨勾長了手，將他的頸項摟得更緊，小腦袋瓜埋在他的肩窩，濕透的髮絲滑過他的肌膚，帶著令人心猿意馬的搔癢。

時予手臂僵了下，趕緊回神，怕摔了她。

音色沉了沉，時予力圖鎮定，「幹麼？」

感受到風拂過兩人重疊的身影，她也能看見兩人映在地面的長長影子，如果可以一直走到永遠，是多麼讓人感動流淚的幸運。

「待會一起去買東西吧，畢旅要用的。」

「畢旅會需要買什麼？」掂了掂她，一隻手拿過礦泉水給她，依然沒有放下她，倪允璨也就著姿勢喝水，不嫌彆扭。

聽出他聲息裡的笑意，倪允璨從容不迫，更有她獨有的蠻橫，「吃的呀，玩的呀，反正總會有需要買的，你說，去不去！」

「去。」

「真好。」揉揉他一樣濕到貼著頭頂的深髮，將寶特瓶靠到他唇邊，她有用吸管喝水的習慣，現在倒是方便。

兩人的一舉一動十分自然，誰也沒戳破這是間接接吻，然而，他們還只是朋友。

打住回想，她滿不在乎回答：「哎呀媽，我不帶腦袋出門也不是一天兩天的事，沒必要大驚小怪啊。」

眼看母親大人要發作，倪允璨趕緊狗腿的認錯安撫。

「我去買個東西啦，少女的體重是祕密，妳不能幫我留點面子嗎？」

「我沒逼妳說數字妳要什麼面子？」

這麼說也是，母親大人太機智，她有點扛不住。

懶得理她，這麼晚公車也幾乎到末班車，倪母不怕她跑，依照她財迷的性子捨不得花錢搭計程車或優步。

「快去快回。」

逗留在時予家門口，一頭熱的跑出來，壓根忘記沒辦法聯絡時予。

按門鈴什麼的她要是有勇氣就不會徘徊了將近二十分鐘。

路過的幾對老夫妻、散步的老婆婆老爺爺都停下來問她是不是忘記帶鑰匙，可以去他們家先坐著等。

倪允璨撓撓頭，笑得天真無邪，搖頭拒絕。忍不住慶幸自己有一臉誠摯的微笑，不會讓她被誤會是小偷。

垂頭喪氣低頭跳著腳數步伐，喃喃自語，「男主角心有靈犀的情節都是騙人的呀，不然時予就該開窗戶發現我……」

「果然是沒有當女主角的命……」

軟軟的嗓音帶著委屈的抱怨口吻，正好將接近腳步聲掩蓋。

站在一步之遙的男生抿唇露出微笑，好整以暇望著月光下的她。

「哎，不對，應該是時予沒有當男主角的命……」

估計是腳癢，做不到好好站直，整條街當作伸展在閒晃，這邊踢踢、那邊踹踹，垂著腦袋回首，視界裡陡然鑽進一雙熟悉的鞋款，她一愣。

心跳快了一拍。

「……我靠。」

思路沒有那麼快，別人可能警覺是壞人的搶先尖叫，她卻是愣神過後，暗罵了一句髒話。

他的眉眼、他的聲音都在笑。「那誰能當男主角？」

「我靠。」居然偷聽全程！

「嗯？」

他走近一步，她被這輕聲的問語酥得有點腿軟，臉頰有點麻，不禁倒退一步，他揚眉，站定不動。

深呼吸兩次，倪允璨撲上去，一隻手拽緊他的衣領，另一隻手拉住他的慣用手，看來是深怕被報復毆打。

「你出現了幹麼不出聲！玩我麼！」

「是真的還滿有趣的。」他泰然頷首承認。

「啊啊啊時予你還點頭——」

眼底盡是無奈，他摀住她的嘴，「小聲點，半夜，想喊得全社區出來看妳嗎？」

「唔、看我幹麼？看我可愛嗎？」這臭美的脾氣讓人沒轍。

說話沒有根據道理，看來還是沒有理智，但是，至少分貝降低了。時予鬆開她，看一眼她的手指，沒有推開。

嗓音裡的笑沒有減少半分，她來了，不管緣由，都值得他高興一整晚。

「穿著睡衣還是很有自信，不簡單。」

……倪允璨咬咬牙，就知道他不會放過這一點。攏緊外套，很有氣勢地與他對視，被他一手拉回來，輕輕柔柔摩娑著她的指骨。

一吋一吋地摸，有疼惜、有憐愛。

「在外面待很久了？冷嗎？有什麼事情那麼急，穿著睡衣就要跑出？」

她笑得傻兮兮的，「不冷呀，都春末了。」拉起他的手蹭蹭臉龐，完全不自覺這樣的小動作有多親暱。

真是個傻瓜。

「怎麼了？」

「哦，沒怎麼，就是突然……」未完的話語梗在喉嚨。

「嗯？」

她驀地仰首，一雙漂亮的眼睛彷彿星空的剪影，有希望、也耀眼。

聞言，時予漆黑的眼瞳一縮，複雜的情緒繚繞胸口，然後，慢慢散開，末的，只剩一道強勁溫厚的力度，牢牢將她緊握。

沒有多餘空泛的言語，他的感動難以明言。

「就是突然……想要見到你。」

想要見到你。那麼，就毫不猶豫走向你。

倪允璨總算明白為什麼未來給十七歲的自己那樣的一段話。

「去見妳想見的人吧。

趁陽光正好，趁微風不躁，趁繁花還未開至荼蘼，趁現在還年輕，還可以走很長很長的路，還能訴說很深很深的思念，趁世界還不那麼擁擠，趁飛機還沒有起飛，趁現在自己的雙手還能擁抱彼此，趁我們還有呼吸。」

♥

抉擇一次，變項會衍伸出不下百種的可能性。

沒有人知道站在分岔的路要如何二選一，如果失去過、懦弱過、逃避過，這些都是烙印在青春裡遺憾的痕跡，那麼這一次，走向愛情、面對命運，不要遲疑。

如果得到一次重新的機會，一味重蹈覆轍，怎麼樣能算上成長。

「未來，問個，妳之前是什麼時候時予在一起的？」

「高三上學期。」

約莫是在忙碌，未來的回答簡短到不行。

下好一百顆的決心，可是，心裡總是沒什麼底氣。倪允璨只好捏著手機和時間線另一端的人耍起無賴，鬧著她陪自己聊天舒緩緊張。

「我決定明天和時予告白。」

前一封訊息的反應還有十多分鐘的間隔，這次倒是近乎秒回的速度，看來先前是沒精力和過去的自己認真。

「妳、妳妳妳要這麼激動嗎！妳確定時予喜歡妳嗎！要是之後連朋友都當不成怎麼辦？」

「這確實是像我會考慮的事情。」

「當然啊！告白前不考慮這個，難道光顧著想告白詞彙嗎？」

「所以妳當初其實很早就喜歡時予了，只是不能確定他是不是也喜歡妳，兩人一直死嗑著到高三才驗明正身？」
未來發了省略號過來，似乎猜中了，畢竟是人之常情。
因為往往誤會有很多燦爛時光可以浪費。要不是有過那樣的情景，她隔著馬路拉回時予，至今仍歷歷在目，食指按在腕處的血管，心跳失速得難以計算，恐懼大大遠過親近的怦然，她不會意識到盡頭時常藏在讓人安逸的細微。
「妳不是說明天畢旅？」
「對呀，畢旅告白不是挺浪漫難忘的嗎？」
「……那樣的前提是告白成功。」
倪允璨比想像中豁達。「足球隊的人都覺得我們應該在一起，就算我感覺錯了，也不會他們都感覺錯吧。」
一個人喜歡不喜歡妳，或許他的真誠可以從眼睛看出來。
但是，喜歡妳的人不見會和妳在一起，在一起承載一份承諾，有時候，不單是願不願意承重的選擇，還有敢不敢。
越是在意，會深怕給不了妳要的幸福。
「妳這信心讓我無話可說了。」
「經歷一些事，過程很曲折驚險，說來話長，反正，我就是要告訴妳這個結論，不管他現在喜不喜歡我，都不會動搖我的決定，妳更不用說了。」

「雖然我的確想過既然遠離不了，不如讓妳好好抓住能夠相愛相處的時間，可是轉念想，這樣不就是變相默認時予終究會死的結局嗎？」

「才不是，二十五歲的大姊，用點腦子，這是兩碼子事情。」停頓一秒，倪允璨舉一反三一個例子。「就像，妳會將拯救世界和誠實面對自己的心情混為一談嗎？」

說到拯救世界乍聽很正義聳動，其實即是二十五歲和十七歲倪允璨的內心世界。她們都冀望時予可以活著，如此而已。

這一晚，倪允璨沒有在收到未來的隻字片語。

哪怕她是打從心裡不認可，因此氣得撒手不管，十七歲的倪允璨這次不會退縮。

然而，擁抱豪情壯志入睡，隔天卻是要命的差點遲到錯過集合時間。

沒辦法找人說理，她在開導陷入低潮自責的未來，這種離奇的貼心諮商真是沒能會相信的說法。

「或許妳是對的。」

倪允璨視線慢慢下滑瀏覽訊息。

「回想起我好像真沒有親口對時予說過一次喜歡，當初被球隊拱著在一起，看起來很混亂害羞，心裡其實是小鹿亂撞的、是高中以來最開心的一天，這些我都沒有說過，事後時予就算覺得難為情，還是明白對我補上告白，我只是撇過臉說一句我知道啦。」

「再回想起，時予出事那天，就是我幫著甯靖宇演完假女友的戲，那是在生物實驗室外面，有人說看見時予從旁邊的樓梯離開，我當時沒留心，只想著要打電話通知他我的大學錄取，數十通的未接來電後收到卻是他車禍的消息。」

只是看著文字便能感受心痛，人類是如此能與世間情感相觸的動物，何況是與自己息息相關的初戀。

倪允璨吸了吸鼻子，無暇顧及母親在樓下的河東獅吼。

她彷彿一同經歷，後悔的自我責難沖刷過她洋洋得意的樂觀。

「如果我能在坦率一點就好，不管面對自己還是面對時予；如果我可以再細心一點就好，時予的心情我都想了解。我昨天想了整個晚上，是不是一切的悲劇其實都要怪罪我……」

倪允璨飛快鍵入寬慰，鑽進死胡同裡自責的未來讓人憂心。「大姊，妳不要把自己想的那麼重要，妳想說時予是因為誤會妳跟甯靖宇有一腿所以自殺嗎？我的天，不要長了年紀，來連帶長自信啊。」

沒讓她浮誇的解釋撫平情緒，不斷丟出描述都像昭示往後的光景，因為她說得那樣沉痛。

「醫生當時說的是，求生意志不足。」

——時予，你是什麼樣的人？

你是什麼樣的人？帶著什麼樣的傷口？

在最繁華絢爛的年歲，斷然放棄繼續生命的前程。

一定不單是誤會、一定還有其他，她認識的時予沒有那麼軟綿綿。

最終，她沒忘記她娘親拎著鍋鏟進房間的凶狠模樣，驚得跳腳。

匆匆回一條短訊過去。

「我曾經在一本書上面看過，妳用現在的智慧苛責過去的自己，這並不公平。這段話送給妳，妳不用感到愧疚難過，妳之前沒做到的，我現在要去完成。」

每個班級都列隊排好在操場，遠遠就能看見時予頎長的身影在隊伍倒數的位置，他也看見了，勾了唇微笑。

她就知道！

她就知道他一定會笑她。奔馳整路，不用照鏡子就可以知道自己現在有多狼狽，探頭反覆搜尋教官的臉孔，倪允璨貓著腰，躡手躡腳地飛快滾回自己班級裡。

不外乎又被夏辰閔嘲笑一輪，這世界沒有愛啦。

聽膩教官和校長的叮嚀廢話，熬了十多分鐘等到依序乘車的時間。倪允璨一沾座位立刻喬好姿勢，睡得天昏地暗。

「暈車。」

夏辰閔替她解釋，話落，同組的女生放心坐好，順手拉好外套給她蓋上。

搖搖晃晃了兩個多小時抵達目的地。

倪允璨脫韁野馬似的跑開，求了夏辰閔打掩護，自己倒是樂呵呵混進一班班級隊伍裡，把李哲佑嚇得夠嗆。

被抱著胳膊的某人淡定得沒話說。

李哲佑不可置信，「你們……這是串通好的？」

倪允璨笑咪咪，對於時予沒有拉開她、沒有板著臉讓她滾回六班感到欣喜，面對其他人的質疑也沒覺得煩，乖巧搖搖頭。

察覺越來越多人發現異樣的回頭，但是，大多目光都是善意的打量和好奇，畢竟時予在同學面前是出名的沉默，笑一下都是少的。

現在卻如沐春風的溫柔模樣。

於是，同班將近兩年的同學們，不論男女都伸長脖子不斷窺探，想知道哪個人可以讓他有這樣改變。

只顧著不要被自己班導師抓到，完全忘記到一班來也會引起騷動，值得慶幸是，時予的同學們比較厚道些，沒有嚷嚷著有別班的人魚目混珠。

倪允璨咬了咬唇，也不甘心一句話都沒有說上就灰溜溜跑回去，打死心意裝死，將臉埋進他後背，縮了縮身子，製造謎團。

「你往前面走。」

「啊？」

環抱著雙臂看戲的李哲佑沒預想到被針對，他眨眨眼，看著時予的手指示，有點震驚，自己這是被驅離了。

雖然躲著，她沒錯過動靜，倪允璨悶笑，他的角色忽然跟夏辰閔一樣了呀。

「去前面，不然他們不會放心走路的。」

眼神理所當然橫掃了隊伍前排跟時予交好的同學們，他們有恃無恐，一一看了回來，實在想要得到答案。

李哲佑大概戲癮發作，一副寧死不屈的模樣，挺逗的，要指使他沒那麼容易。

「他們要是問了，隨便你回答。」

「認真？」語調都上揚了。

「嗯。」大不了之後再費點力氣和耐心解釋一遍。

他的話怎麼說都比李哲佑可信高。

沒想到這層，李哲佑樂顛顛往前跑，任誰都看得出他嘴角滿滿的惡意。時予沒說話，有什麼辦法，他又不可能讓倪允璨回去，不說她一撒嬌賴皮他就沒轍，她主動過來黏著他，時予心都軟了。

「哎，你真的讓他去亂說！」

他低頭，手稍微向後一攬，搭著她的背，然後順勢勾住脖子，是極親近的動作。聲音沉沉微啞，「不然怎麼辦？」

「要不，我回去？」
「……也是可以。」
話落，她立刻跳腳，想咬他但捨不得，變成輕輕的力道捶在他手臂。「時予你居然說好——」
「我是說也是可以，代表是方法之一，沒讓妳真的回去。」
她輕哼。
「走吧。」
事到如此，慢接上的理智讓她遲疑了。「那個、你們老師兇嗎？」
「都趕拖隊跑來了，現在才開始擔心，晚了。」
「哎、不是啊，你真的不擔心李哲佑亂來啊？」
「隨便，沒關係。」一面推著她走，溫潤的嗓音含笑。
倪允璨可著急，「哪裡是沒關係，我……」
「妳怎麼樣？」他眼眸一沉，氣息也是，「怕被誤會？」
「誰誤會啊！沒人！我只是……算啦，我都跑來啦，就是白白給李哲佑一個胡說八道的機會。」
我只是……缺你一個告白。
倪允璨是在一班半日成名。

她一點都不想去探究李哲佑到底怎麼定義她和時予的關係。

裝聾作啞的繼續在時予身邊跑跳，路過什麼舊黃的小店都要停下來瞧幾眼，看到童年回憶中的童玩店也愛不釋手的上前完兩把。

兩人的烏龜速度經常落在隊伍很後面。

倪允璨平常不玩自拍的，特別臭美的個性讓她比較喜歡獨照，很文青、很意境的那種。

只是她必須拉著時予拍呀，幸好她有帶上廣角鏡，遠遠的景物和建築都可以入境，紀錄了他們走過的路。

「時予……」

他無奈回頭，知道她想說什麼，扯了僵硬的唇，笑容根本不自然，像是被強行逼迫一樣，事實上也確實如此。

他戳戳她的臉頰，陷進去像個梨渦，自己仰著臉歡快笑起來。

「你是不是討厭我……為什麼跟我拍照都不笑？」笑完，依然不忘追究。

「我本來就不喜歡拍照。」

「難怪，每次足球隊上台領獎你不是躲在後面，就是死魚臉。」她若有所思，聞言，時予卻是抽了抽眉角。

死魚臉……她真會形容。

「哎，可是時予你真傻，你那麼高，擋不住啊。」

她笑得無害卻莫名沒心沒肺，時予默默被這樣的光芒擊殺，撇過頭，沒有接上話。

沿途街巷的靜謐都被她干擾，吱吱喳喳的，時予抿了唇，笑得很克制，不覺得煩躁。

走完下午的團體行程，傍晚過後到晚餐時間都可以自由活動，一聽見能脫離班級到八點，倪允璨歡呼，不小心得意過頭。

早就將自己不在六班的是拋到腦後。時予撓撓眉角，漸漸就習慣與這份無奈的心情和平共處。

幾個女生和同事足球隊的男生回頭調侃。

「哎呦，是覺得我們太亮了嗎？」

「小倆口隨便就人一把狗糧啊！」

「別鬧！人家女生還沒害羞，我們時予會先臉紅！」

幾個同學們嘻嘻哈哈笑鬧成一團，望著身邊同樣笑逐顏開的少女，默默吃了這個虧，沒什麼比她開心重要。

拉著她小小手的左手忍不住緊了緊。

踩跳在廢棄的鐵軌上，走得穩穩，可見有多少平衡是時予在協助支撐的。生命和臉蛋都交到對方手中還能這麼放肆的，也只有倪允璨一人了。

「時予你知道嗎？」

「嗯。」

「你是除了我爸以外，第一個揹過我的人。」

一愣，沒料到她會突如其來灌這個迷湯，自然沒有抵禦力，清俊的臉龐浮起一絲可疑的粉紅，倪允璨沒有放過絲毫，他沒有很張揚的笑，不過，眉眼的弧度都不是錯覺。他捏著她的手用了些力。

抬頭看了看天空，重新低頭時已經整理好情緒。

「想做什麼？」

倪允璨驚恐了。「你怎麼知道！」下意識摸了臉，她有這麼好看穿嗎！

「妳有特別想做的事的時候，不是裝可憐就是給人灌甜，很難猜？沒有一次不是。」

她眨眨眼，「那這樣夠甜嗎？」

錯估她的臉皮厚度，居然能這麼直白接上話，還一本正經的模樣，時予沒忍住，笑了出來，空出的右手捏捏她的臉，她這任性真是被養得沒救了。

「哪次失敗了？」

嘿嘿地傻笑兩聲，倪允璨錯開步伐，讓出後面的視野，手指跟著指過去，「登登登，就是那個，我想放天燈！」

視線延伸望過去，隔間就有不少攤販是賣天燈的，難怪一路上她經常以非常驚人的仰視不知道在看什麼。

不能說她孩子氣，興許這個年紀喜歡玩天燈才是正常。

「去吧。」

「你跟我一起呀，天燈四個面，我們一人有兩面，代表可以許兩個願望，哇，快要趕上一年一次的生日！」

「行了，看得出來妳很興奮了。」大手一蓋，蓋住她閃亮亮的眼睛，卻擋不住她的眼睫輕輕在掌心搧呀搧的。有點作死，要命的心動，「走吧。」

得找些事情轉移。

得到許諾，倪允璨咚咚地跑上前，看樣子就是隨便選間店進去，連價錢也沒有看，要有多隨心所欲才活成這樣。

時予不知道的是，那是因為待在他身邊的安心，倪允璨可以犯傻、可以不當心，可以暫時無憂無慮。

因為他就在她伸手可及的地方。

罩好天燈，發現時予還在原地發呆，倪允璨皺了眉，小跑步過來，警告，「不能反悔啊，我都付錢啦。」

揉揉她的頭髮，時予抬了下巴示意。倪允璨沒有獨自放飛，堅持抱著他的手臂，非要一起走到屬於他們的天燈前面。

替他沾好墨，舉到他面前，意外大概就是墨水直接打在時予的手背，倪允璨眨眨眼睛，有點懵，這不是計畫內的。

她討好的笑笑，「我幫你擦、幫你擦。」

時予嘆氣，拉開她的手，盯著沾上她手指的黑色，誰告訴她這樣可以抹掉的，這麼蠢，一刻都不能讓人放心。

他知道她有帶濕紙巾，肯定是懶得拿，他直接伸手去解她的背包，拿出來也不先解決自己的，仔仔細細擦拭她指腹的污漬。

一系列的動作行雲流水，自然到挑不出錯，倪允璨呆呆的瞅著他。

直到老爺爺老闆中氣十足的聲音傳來，她才匆匆收回手，明明先前有過更親暱的動作都沒害羞，只是現在指尖像要燒起來一樣。

跟她的臉頰一樣。

「不要秀恩愛了啊，趕快寫，不然天燈都要飛不起來了！」

說到飛不起來就是大事了。倪允璨趕緊打起精神，認真思考要寫什麼。

時予慢悠悠收回目光，擦掉了手背的髒污，心情很好。

倪允璨提筆許久，遲遲沒有落下。哎，平常都吵著要心想事成，重要時刻反而擠不出兩個重要願望。

第一個，她寫了在意的人們都身體健康。時予瞧了一眼，揚了眉，非常沒創意心願，倪允璨不甘心的也探頭去看他寫的。

媽媽和倪允璨身體健康。

「我可管不了那麼多人。」

這樣的人、這樣的話，怎麼可能不感動。

她自以為不著痕跡的吸吸鼻子，覺得眼角有點酸，很怕哭出來，飛快繞到另一面要寫其他願望。

隔著天燈，他的身影很模糊，倪允璨抹了臉，堅定寫下——希望我的未來有時予。

她默默說，必需要有，拜託。

♥

除了隔天的海邊行程倪允璨沒辦法偷偷溜到時予班上，基本上兩人是形影不離，一班的同學都喊她小尾巴。

第二天晚上的房間分配，兩人意外分外靠近，只隔了一層樓。

不見面真是浪費這樣的地利，倪允璨央求時予出門，得逞便拽著他的衣袖笑得明豔，彷彿夜裡都被她照亮。

「你到底要不要跟我說你許了什麼願望！」

「不要。」

像洩氣的皮球，倪允璨垮著神情，歪歪斜斜地靠在時予身上，站姿非常不良，被他矯正了好多次，依然沒長進。

她還會很理直氣壯，「不是有你在嗎？」

是啊，有你在，我才能如此肆無忌憚。

咬了一口抹茶紅豆雪糕，冰得她有點顏面失調，一點形象包袱都沒有，時予忍俊不禁，覺得時光再慢一些、再慢一些就好了。

「為什麼不告訴我……」

「妳也沒告訴我妳寫的。」

嘴角一歪，這麼說也是。苦惱的扁扁嘴，告訴他不就是告白了嗎！

倪允璨踮起腳尖張望四周，夜黑風高，人煙稀少，所有城市的嘈雜的圈在遠方，只是這夜景不符合他的文藝感呀。

她對浪漫還是有點小小要求的。

哎，最好的白沙灘海岸被拿去玩班際沙灘排球，殺風景。還不能潑教官老師們心血來潮的點子冷水，儘管白眼快翻到腦後。

她只好神神祕秘的抿嘴笑，「再等一下就給你知道啦。」心裡盤算著哪裡燈光美氣氛佳。

時予嗅出一絲不對勁，卻是不可能朝對的方向思考。

「不會是需要我幫忙完成心願吧。」奴役他用的著上天燈的願望嗎？

「唔，好像也可以這麼說……」

你要活下去啊。

如果一切都不再是按照原劇情，不論好壞，只有一個事實她想要有不一樣的結果。時予要活下去。

漫步在不熟習的城鎮，卻是相似的天色，以及同樣的他們兩人。

讓人誤會永遠不是一份奢望。

「璨璨，妳去哪了！啊……語資的時予？」同班女生眨了下眼睛，認清是誰，連忙想起什麼似的，拿出一張花花綠綠的紙張給她。「隔壁班的男生讓我轉交的，他等一個小時了。」

「啊？誰啊？」

沒有誰比時予更清楚倪允璨的臉盲多嚴重，他倒是不意外。

「反正妳先拿著，然後老師剛好找妳，在一樓咖啡廳。」

「老師找我！我靠，她不會是發現我跑班吧……」

同學聳聳肩，她也不知道，給她自求多福的眼神。鼓著腮幫子，倪允璨懷抱一絲希望，「老師不會這麼小氣吧……出來玩就通融些嘛……」

「別碎念了，快去，不然更可怕。」

「時予幫我拿，你要看也可以。」到手的紙張又被推了出去，觸感挺厚的，應該是還夾著紙，或是一大張的傳單折疊。接著，失魂落魄飄走。

時予失笑。女同學少跟語資的男生打交道，滿臉的好奇，「你真的跟璨璨在談戀愛？你們交往……嗯？怎麼了？」

得到當事人授權，時予怎麼可能忍著不拆開，這種來自其他男生的東西，能優先經過他的守

更好。

摸透倪允璨會當場拒絕告信的個性，這個男同學將信件夾在遊樂園的地圖說明書內，翻開兩頁，粉色的信啪沙落了出來。

捏起來拆封，宛若一目十行，隨意瀏覽過去，時予確實沒有想到真的寫著告白的話，幽黑的目光緊緊盯著倒數一句「請妳跟我交往」、「我會等妳」。

意思是，現在沒有感覺、沒有喜歡沒關係，有的是時間，他會等她到明年畢業的時候。

看似情深，相反的，也是一種無形的壓力。

你媽知道你在這裡給人造成壓力嗎？

時予掀了唇，清冷無比，彷彿季冬一場大雪的溫度，寒得人打顫。從倪允璨離開便是一陣乍暖還寒，他的所有耐性與溫情給不了其他閒雜人。

「呃，時予你……」

原本要問是誰給的，他親自去退還，意思不言而喻，轉念想，左胸口賭，他名不正、言不順，湊不了什麼熱鬧。

沉如深海的眸子捲起一陣慍色，鬆手放開信件，任由它摔在玻璃圓桌上，轉身往外走去，留下女同學風中凌亂。

連喊都不敢喊住他。

於是，一蹦一跳回來的倪允璨只看見女同學依舊維持目送的動作。

「時予呢？」順手接過女同學失去靈魂地遞來的信件，沒多想就攤開。「這什麼啊？時予看了嗎？這個……」

女同學點點頭。

倪允璨也陷入癡呆。都快風化成女王頭。

她重複確認，「這是給我的？」得到肯定，她抱頭，「我又不認識他！不就是在學生會幫他說過一句話，至於這樣嗎！」

「時予走的時候是什麼表情？」

女同學搖搖頭。

「沒表情？」那應該是生悶氣，哄哄就好。

「是……」

「啊？」

「遇神殺神，遇佛殺佛。」

……姐妹你妳誇張了。

初夏夜晚的天色是無雲乾淨的，星光幾點。

倪允璨沿著剛剛歸返的街去找，在一家創意手工店鋪前找到時予，隔著馬路凝望著他，他坐在鞦韆椅上，卻是靜止不動。

抿了唇，深夜早已沒有車水馬龍的喧鬧，眼前一片平靜寧和，他像是在這裡待了前年萬年，不曾離去，也不會離去。

她深吸一口氣，抬腳走近。

「時予。」

眼睫輕顫，他維持姿勢沒有動。倪允璨執拗地去拉他的手，他明顯僵硬一瞬，終是沒有忍心抽開手。

他覺得必須在她開口前說些什麼，可是，到底該說什麼？

說喜歡妳、說我們在一起，還是，要先坦白他也許不是她理想中的模樣？

擱在腿上的手輕輕慢慢的攏緊，青筋淺淺浮起，面對她，他總是沒有往常的從容。他會躊躇、會膽怯、會覺得自己不夠好，會覺得不如放棄、遠遠看她就好。

每當立下這樣的決心，她都會竄到他跟前，張揚恣意的笑著，明媚了他整個日常，那些枯燥平凡、那些壓抑辛苦，看著她便輕盈無所謂。

說服不了自己鬆手。知道有其他人也可能這樣喜歡她、可能這樣珍藏她的笑她的胡鬧她的善良，想到她抱著別人的手撒嬌，莫名煩躁，甚至不可抑制的憤怒。

「時予，你……生氣嗎？」

輕輕軟軟的嗓音帶著討好和小心翼翼，溫暖的、依賴的，他一股氣本來就不是對著她，是對喜歡她的男生，也是對自己，看著她，一絲一毫都發不出來。

喜歡是我捨不得讓妳承受任何負面的情緒。

沒來得及開口，倪允璨驀地轉了篤定的口吻，「你就是生氣了。」

「嗯。」總不能對她說謊，「不是很高興，也沒有到生氣。」沒有吧。

往他身邊挨了挨，感到他氣息的變動，她仔細望著他的側臉，面色雖然依舊清冷，到底是鬆開眉頭。

清風無聲過境，她的頭髮繾綣的拂到身上。

「我希望……我的未來有你。」

抬眼，直直看進他的眼底，幽深的墨色的眼眸比平常更沉，他倒映在裡頭，載浮載沉。

而她的眼光依舊明亮如星，極清澈，分外真誠，沒有半絲調皮。

「這是我天燈上面的第二個願望。」她咬了下唇，像是觸動一塊她不願意面對的惶恐。「我告訴你不是為了跟你交換你願望……我只是想告訴你……」

「我喜歡妳。」

倪允璨眼光裡的不安碎掉一些些，剎那，鼻子就酸了，克制不住的難受，抹了抹眼角，覺得自己很沒用。

什麼話都還沒有說出口。

因為時予一句話就崩塌成這樣。

感動像無法無天蔓延的藤蔓，找到一個攀附便恣意生長，將她綑綁得很緊很緊，是令人沉淪的溫暖、令人窒息的淚意。

她的聲音哽咽到斷斷續續，「你幹麼……搶先人家一步，這是搶拍你……你知不知道……」全是濃重的哭音。

她追求的美感和浪漫一點都沒有，好失望，她癟著嘴，用力將腦袋埋進他的胸口，眼淚像轉閥般開了，染濕衣服的淚水帶著會燙人的溫度。

「倪允璨，我喜歡妳的任性、喜歡妳比誰都真實，可是……那麼，妳喜歡的是真的我嗎？」

「啊？」

「我沒有妳認為的那麼好，我會因為小事情生氣、會跟我媽吵架、有時候會很固執很驕傲、生氣的時候會不想說話、也會有懶惰的時候……」

倪允璨破涕為笑，溫熱的臉頰蹭蹭他的手掌，「你還少說一個。」

「還很挑食。」

嚴肅低落的氣氛都被她給破壞了。時予嘆氣，反駁不得。

「可是那些都沒有關係呀，我的不好你不是也接受了嗎？」

我們都還不成熟，都還沒能成為自己理想中的模樣。但是，我們滿意彼此現在的樣子。所以，我們有足夠的時光，可以不慌不忙的成長，可以隨心所欲的相愛。

「但是什麼都不說是病，得治。」

話一出口，時予周身的氣息都冷了。

盈盈的長睫在他的眼窩底下投射出一到灰暗的陰影。

「我媽……」

他頓了頓，似乎很不習慣說起這些，倪允璨不想勉強他，可是理智告訴她可能是重要的變因，掙扎片刻，她只輕輕將微涼的掌心覆蓋在他的手上，代表安慰。

他很努力穩住聲調，想要表現得不急不徐。

他語氣沉沉，「我媽自從我爸過世之後身體就一直不好，我又很喜歡在公園踢足球，晚回家，常常跟她吵架。」他閉了下眼睛，不想回想。

「時予你要是……」要是這麼難過那先不要說好不好……

「忘記是幾歲了，只記得是世足結束的那天，我媽差點因為貪玩沒有救到她，她在家裡摔倒，摔得頭破血流，我還在外面盯著世足轉播……救護車來得很慢，好險、好險剛好有一輛也要去醫院的救護車經過，也帶上我媽。」

故事是悲傷沉重的，倪允璨緊緊皺著眉，若有所思。

她遲疑開口，「那場世足……是不是西班牙奪冠了？」

他訝異，不認為倪允璨會關心是足球賽，還是如實點了頭。顯然是不得了的回答，她瞳孔驀地放大，吞了口水，期期艾艾接下。

「你還弄丟了一顆足球？」

「妳怎麼知道？」話出口的那刻，他便明白，除了當事人沒有其他解答。「妳是那時候把求撿走的女生？」

「對呀，我看你好像很急，想先幫你收著，只是回家路上我當皮球拍著，滾到馬路中間，被機車撞了……」

兩人都一致沉默。

時間吻合，地點也接近，一輛經過的救護車和一輛慢到的救護車。

真相儘管不可思議，也只剩下那一個。

「……原來我們那麼早就該認識啦。」

「共乘是救護車滿不祥的。」

她努努嘴，「我們都平安到今天了好嗎！你媽媽也好好的，這是最好的結果啦。」

輕描淡寫一句話就驅動瀰漫的低迷和心有餘悸。

快一步、慢一步經過，可能會錯失拯救時予媽媽的機會，然而，慢一些也可能影響倪允璨就醫。

「……謝謝妳。」

「謝我爸吧，肯定是他見義勇為的。」聽著他呼吸沉重，靠得這麼近卻依然分擔不了他的憂鬱，環抱在他腰際的手悄悄收緊，倪允璨嘟囔：「真的要謝，就好好照顧妳媽媽。」

紊亂好漫長時間的思緒似乎緩緩接上軌道，原來從擦肩而過那刻起，一切就開始不一樣了。

未來在自己租屋的房間裡有一個箱子。

塵封的箱子都放著高中時期的物品，一旦打開，便會嗆得淚流滿面，分不清楚是灰塵或是回憶。

她翻出一張陌生的明信片，她印象中沒有看過，沒有讀過，但是那樣的字跡熟悉到骨子裡，她一眼就喜歡上的。

是時予。

她微怔。隨即理解，應該是十七歲的倪允璨又完成什麼她當初沒有做成的事情，她很好奇，居然能拐到悶騷的時予寫信。

畢業旅行的無聊行程，虧十七歲倪允璨能挖掘出這麼有意思的文創商店和市集，他們要寫一封信給未來的自己，時間自訂，交給店家，店家會幫忙寄出。當時的倪允璨沒有想到，時予將收件人寫成自己。

「一年後我媽支持我踢足球了嗎？一年後的我們還在一起嗎？一年後的妳還喜歡我嗎？會不會發現我沒有妳看見的那麼好……妳是喜歡我的吧，我也是。」

寥寥幾筆，未來讀得眼眶、眼眶，以及胸口得熱燙起來。

視界瞬間一片模糊，什麼也看不清楚，她哭得壓抑，因為她已經習慣這樣，習慣不論她是不是嚎啕大哭，都不會有她想念的人來安慰。

未來只在手機鍵入一句話。「他想結束的是痛苦，不是生命。」

♥

認真計較，今天真不是倪允璨的日子。

上午的課暢快跟周公下了棋，立刻換來慘絕人寰的罰寫，下午正好是的體育課長跑，苦其心志、勞其筋骨，倪允璨萌芽其他的體悟，做出偉大決定。

她前陣子死纏爛打要陪同時予到醫院探望他的母親，不是什麼病痛，是例行的檢查，這是流程中的最後一次。雖然被勒令站在大廳等著，但是，她是那麼乖巧的人嗎！

躡手躡腳跟在後頭上去，偷偷牢記房號。

原本是好奇他們母子的相處，躲在門外打算偷聽，不長不短的十五分鐘居然一個字也沒說，只有湯匙碰撞鐵便當盒的聲響，都要讓她誤會是不是被發現身影了。母親與兒子的距離，比預期要來的疏遠。

倪允璨翹了星期五球隊的練習，甚至刻意用一星期的飲料賄賂甯靖宇，不能太早讓時予發現她的缺席，捱到訓練開始，他便沒能寫臨時外出的單子。

按照自己心裡演繹多次的原劇情，她要神不知鬼不覺交出利用整整兩節數學課草擬的信，尤其再花費一節物理課謄寫一次，文情並茂、沒有錯字。給自己說無數次加油都沒辦法讓她有勇氣直接對峙時予的母親，又不想擱著懸問在心裡爛著，她必須很多事的插手。

會不會被狠批多管閒事都是行動後的事情。

她反覆思索，不是衝動，她要挺身撞一撞那個結。

計畫從來沒有趕上變化，意外殺得措手不及。倪允璨放好信件在枕頭上，正腰轉身要躡手躡腳離開，回首便對上如廁後歸返的女人，滿臉讓人驚心的虛弱倦容。

她搔搔臉，囁嚅著。「阿、阿姨好。」

「咳咳、妳是？」

「我、我是時予的朋友。」聲音越末，分貝越小，她解釋不清來訪的原因，她想說的全部寫在信裡，包含她所期望的，以及時予心裡想的。

這些對於倪允璨都是不熟練的。

家境小康、衣食無憂，她的父母理解並支持她的夢想，不是沒有對她存有額外的期望或是社會的刻板印象，但是，他們總可以在彼此對談商討中，決策一個共識與平衡，不會冷處理家裡的疙瘩。

倪允璨好似有一股沒道理的信心，骨子裡實際挺俗辣的。歪著頭，尷尬又侷促地摸摸後頸，一面小碎步的倒退著。

「那個、我來是有些話想跟阿姨說，然後、我寫在信裡了，怕阿姨累，我就先告辭了……」

「等等、我看完，妳再回去吧。」

被遏止的步伐有幾瞬的淩亂，倪允璨堆起笑容，僵硬地點點頭答應。

溫和卻沙啞的聲音遠了些，時予的母親回到床上。

「我剛睡醒，不會累，說不定看完也有話跟妳說。」

倪允璨內心是崩潰又狂亂的，十分害怕自己的作為改變未來巨大，像是時予的母親再次去世，或是死因是氣急攻心。

凝重的光陰滴答滴答流淌，病床上的女人在一片沉寂中緩緩抬頭，兩行淚痕清楚可見，氣力與面色彷彿一瞬間蒼老許多。倪允璨腳抖了。

「那個、這是我擅自決定要告訴阿姨的……時予什麼都不知道……我跟足球隊請了假，就是不想被他知道……他晚一點會過來……」越說越小聲。

揑緊裙角，深深反省自己太衝動，只敢偷覷時予媽媽的表情，樣是要被體罰的調皮小孩。

凝滯的空間倍顫抖沙啞聲音打破。

「這是時予那孩子的真心話？」

沒有得到傻了的倪允璨的肯定，女人揑緊信紙，似乎隱忍著什麼。「我們時予原來是這樣猜想的……」

「阿姨我……」

「我知道他像他父親，他有踢足球的天分、他從小就跟著他父親玩，我之所以不希望他再踢足球，是因為害怕他有一天還是會達到跟他父親一樣的成就，他必須流連各國比賽、他必須頻繁承受飛機失事的危險……」哽咽著，手指的力道忽然洩了，信紙輕盈的歇在被單上。

「……原來我擔心他的健康、著想他的生活和前程，可是忽略掉他的心理、他的心情還有他的交友，甚至他在補習班工讀，我都不知道……我們時予是這樣難過的，也是……我們有多久沒有好好說上話了，總是我在主宰他的方向、通知他我的決定，從此，時予再也不跟我說他內心的想法了……」

聞言，眼鼻一酸。倪允璨看清時予母親婆娑淚眼裡的歉疚還有釋然。

親情與愛情都暗藏許多讓人誤解錯過的玄機。

我們那麼不懂事，在事件中該要成長一次又一次，但是，時常讓沉默冰封誤會，凝上一層一層的不真心的氣話，凍結成時間也溶解不了的鴻溝。總有一方，甚至兩方都不願意率先探究，因而越走越遠。

不能再更差了。

於是，倪允璨破釜沉舟一把，勢必要救回擱淺在親情絕境的男生。

於是，六點結束足球隊團體練習的時予匆匆換下濕透的衣服，趕到醫院，上了樓才拐彎，腳步頓下，目光凝在那個不該這時候出現的女生身影，如淒清黑夜的眼眸一瞬間閃過太多情緒。

似有所察，垂著腦袋的女生驀地抬頭，眼角餘光瞧見他。

倪允璨反射性要露出笑容，卻好似想起什麼，頓時蔫了，眼神心虛的晃開，捏著手指頭轉移注意力。

她只要做錯事就是這個可憐兮兮的動作，濕漉漉的眼光帶著無辜。

時予比誰都熟悉，向來心虛得那麼理直氣壯，她一舉一動都合理，卻又處處透著令人失笑的沒理。

此時，時予不知道她做了什麼驚天動地的事，自然不會猜到她將他的消息全賣光。

「我看我媽，妳要等我嗎？一起吃飯？」

愣一下，她連忙搖頭，怕被殺掉。

他蹙了眉，有些意外。「已經吃飯了？」

「我、我跟我媽說好回家吃。」

「所以在這裡等我的？」

「啊？啊，哦……」

時予好氣又好笑，她心裡藏不住想法，現在看來事做了虧心事，晚點問也是一樣的。她還是張著嘴，有點蠢萌，他伸出手來揉了揉她的頭髮。

他輕笑一聲，清澈好聽，「回去休息吧。」

他這麼溫柔，絲毫沒有懷疑他出現在這裡的目的，倪允璨悶著頭感到窒息的歉疚，可是另一道聲音告訴她自己沒有做錯。

癟著嘴，倪允璨猶豫要不要先給時予一點提示。

免得他進去一下子接受太多訊息和情緒，會原地爆炸。

她可苦惱了，時予只當她依依不捨，推著她走，看著她走出幾步，彎了唇，旋身直接走進病房。

快得倪允璨來不及阻止。

……怎麼辦……哎，未來也不回訊息……我找誰商量呀！

我沒朋友嗚嗚嗚……

隔著約莫五步的距離，倪允璨焦急打轉一會兒，深吸一口氣，踮著腳尖、放慢且放輕腳步，朝房門靠近。

貼著門板但什麼也沒聽見，哎，真想去跟醫生借聽筒，難安地拽著髮尾企圖紓壓，突然，聽見細細碎碎的聲息。

帶著哽咽，聽得不是很清晰。

眨眨眼睛，沒有翻桌、不是歇斯底里就是成功的吧。

焦慮的緊張感一鬆懈，洶湧上來的便是飢餓，受限於時予現在是沒有手機的原始人，倪允璨只留下一張龍飛鳳舞的字跡。

風和日麗的周末，倪允璨舒服睡到日上三竿。

迷迷糊糊關掉十二點的鬧鐘，特地設置為了吃午餐的。暈著霧氣的睡眼在通知欄發現一條陌生電話的訊息。

——我是時予。

……。

……。

靜止了十秒，手都瘆了，倪允璨嗷嗷地跳起來。
握著手機發呆，腦袋刺激過猛，精神都清醒了。她撓撓頭，凌亂的頭髮澈底變鳥窩。
這是怎麼回事……這到底是誰！
她去翻和未來的對話框，整整個晚上沒有回覆。想像開始脫序，不會是換她死掉了、時予活過來吧……
糾結半晌，倪允璨終於慢吞吞傳了一隔問句。
「你今年幾歲？」
電話立刻就來了。她想都沒想，順手按下接聽。
再熟悉不過的嗓音有春寒料峭的味道，溫度恰好，「倪允璨妳還沒睡醒嗎？」
「時、時予……」吶吶地喊了他的名字。
「嗯。」低沉的喉嚨音竟有些惑人。
理智稍微上線，她選了可能性比較高的選項。「你買新手機了？」
「對，下午出來吧，我想見妳了。」
話落，倪允璨的眼淚跟著毫無預警掉落。
又痛又酸，但又喜不自勝的複雜感覺在胸口蔓延開。

♥

「時予不會有事了。」

說出口，就感覺更真實幾分。

儘管她還是徬徨，但是，影響時予生命的變因，或者可以說是時予心中糾纏的結，倪允璨大概釐清了。

五分鐘前，未來寄來一張照片，拍攝得很模糊，想來是情緒激動。照片裡的男女主角毫無疑問是時予和倪允璨。

兩人整整齊齊穿著校服，背景是清陽高中門口校徽底下，勾著手笑得陽光燦爛，拍照從來是冰山的時予，少見的抿了唇淺笑。

左胸口的位置別著畢業胸花。

這樣的幸福刺激了她的眼睛，她趕緊掐了自己大腿，確認不是夢境。

眼睛發紅，喉嚨一下子乾澀啞，常不覺得，今日覺得她房間的日光燈特別刺眼，讓她有流淚的衝動。

「是跟時予在畢業典禮當天照的。」打起字來，她第一次唾棄自己動作慢。

未來很久前說過，時予沒有活到高三畢業典禮。

然後，現在她也許明白輪廓。影響時予的人就三個，倪允璨、時予媽媽，以及時予自己。

「那場車禍拯救了時予的媽媽，第一個結被解開了，我和夏辰閔疏離，也就是不再是會被時予誤會的關係和他相處，這是另一個結，所以妳額頭的傷口消失不是偶然，只是還不夠救到時予，甯靖宇莫名其妙成了同性戀也解除一個危機。」

未來的思緒逐漸兜上了。「依照原劇情，我當了他的擋箭牌，甯靖宇親口說我和他在交往，還拉了我的手，正好被經過實驗是要找我的時予聽到看見，他沒有安全感，不相信自己，只相信眼前看到的，這是……」

她發了省略號。若是未來在場、若是能聽見她的聲音，她肯定是哽咽了，肯定說不出口，因為這樣舉手之勞的幫忙，變成壓垮時予的最後一根稻草。

她們都痛得無法直視，摀住紅了一圈的眼眶。

「嗯，我繼續說，妳別激動。」

沒等未來回復，她逕自打下去，「我纏著時予和主動告白也都是變因，我大概是變得比之前勇敢吧，跟時予在一起的每一天我都害怕是最後一天，時予又那麼悶騷，什麼都不說出口，可是有什麼關係，我替他在意、我先說。」

在與夏辰閔的告別裡頭學到最多的就是坦率，她不能重蹈覆轍。

「這是跟我有關的，再來是時予媽媽，妳可能不知道，小時候那場車禍改變不只是爸媽沒有離婚，還有，拯救了時予媽媽。」也拯救了時予的心。

倪允璨大致將事情解釋一遍，未來的震驚跟真相大白那天的她如出一轍。

一切彷彿都是有跡可循。

「然後，我擅自跑去找時予媽媽說話，雖然被時予拎著臭罵一頓，至少結果是好的，明明是最親近的家人，因為失去一家的支柱產生隔閡，說白了就是沒有好好溝通啊。」

時予的倔強和隱忍毫無疑問都遺傳自媽媽。

未來沉寂了有五分鐘。「前一次改變，阿姨有ＰＴＳＤ那次……就是因為他翻到時予隨便寫下的日記，單頁的，夾在課本裡，被阿姨整理到，阿姨說她想起高二引退前的爭吵，心理情況糟糕下來，症狀才爆發出來。」

原來，所有的所有環環相扣。

時予媽媽的心理狀況都反應著和時予的相處。

「得到媽媽的支持，這是時予其中一個心結。」

「我一直覺得時予是個溫柔冷靜的人，很穩重，好像什麼事告訴他都可以安心，卻從來不去注意他有很多壓抑，他什麼都不說，我也沒有問，我這個女朋友很不稱職……」

依靠他的溫暖，卻沒能成為他的救贖。

「所以我幫妳看見了不一樣的時予呀，哪一天時間重合了、時空對話壞掉了，留下的是現在我和時予，我們都會更好的吧。」

我幫妳看見了那個，困擾的時候會指尖撓著眉心的時予、那個煩躁的時候會輕輕咋舌的時予、那個明明吃醋了卻還故作鎮定的時予，還有，釋懷到流淚的時予。

這樣不是也很好嗎？

「我會好好守護他，雖然他自尊心高到難搞，還沒什麼安全感，在意的事都不說，可是也溫暖到讓人想哭，可是、他也慢慢在改變……」

我不是也是這樣成長過來的嗎。

「最後我想說。」

「謝謝我？」

未來逕自忽略前言。「妳不是變坦承勇敢了，是變不要臉了。」

……可不是。

篤定他是自己未來的男朋友，要賴起來沒有下限。

未來自己都看不下去，可見長大過後回顧，她會有多不忍直視。

倪允璨當天晚上特地在日誌上面註記。

五月二十五日，一起重生的日子。

然而，時間的齒輪確實被更動了。

都說能夠預知未來並不會比較幸福快樂，但是，總是失望幾回、受傷幾次，才能讓人學會珍視。

她相信，不論是地理空間，還是時間軸線，她都會主動走向他。

擾亂時空秩序的事是不被允許，她是倪允璨，卻不是原來的倪允璨，依舊懶懶散散、她依舊害怕失去與否的擺盪，可是，她所成長的勇敢與坦率，改變了太多。

被改寫的不光是時予的未來，倪允璨也同樣獲得不一樣的未來。

「臨床心理系，倪允璨，請多指教。」

「法律系，時予，請多指教。」

話落，兩人卻是同時笑逐顏開，夕陽餘暉下相擁。

2018.08.31　台北，完稿

#【後記】

第一次能夠在要有光出版，寫了實體版本的新後記，收到一些舊讀者的鼓勵和期待，一路走來總是感謝他們的溫暖，也希望有更多人可以看見這個故事，和背後這樣的我。

《我把時光予你》對我來說有不同的意義，是我現實中經歷了一段成長後的第一個作品寫了特別的劇情主線，也寫了一個比較不一樣的角色。

不明朗的時予、不坦率的夏辰閔，還有做事總是風風火火的倪允璨，連配角顏汐也有她的嫉妒和單戀，擁有不同生長背景的他們有個人的明媚也不能否認有自己的陰暗，影響著決定，決定著未來，我引用了一句我很喜歡的話，「用現在的自己去苛責過去的你，並不公平」，對於過去，難免偶爾有遺憾或不甘心，但是如果不是時空對話，很難確定會不會有勇氣改變，因為得即時知道未來產生什麼樣的變動，於是有了這樣的設定，也有了重要的拯救目標。

關於十七歲的他們：

沒有特別著墨在課業的角力，而是在人際關係和日常。同學間的模仿、朋友間的價值歧異，以及，可愛的單戀話題，正在經歷或是已經走過的你們會不會有點熟悉；膩人的朝會、熱鬧的班際競賽，以及，搭公車上補習班的路途，這些，我們應該還沒有代溝吧。

關於夏辰閔，我一直想寫一個青梅竹馬沒有在一起的故事，獻給夏辰閔和倪允璨啦，如果說《玩笑》中的夏辰閔是關於感動，那麼，這裡便是關於坦率，關於時予，他一直很安靜，直到在與倪允璨的羈絆裡，他擁有了笑容和溫柔，他獲得真誠面對自己的勇氣，也許他沒有男主角高大上的光環，他很平凡，有點彆扭有點脾氣，需要被理解需要被心疼。

其實不管我寫下這個故事的初衷是什麼，解讀是任意的，如果可以跟我分享就好了。

陳腔濫調的一句道別，希望下個故事你們還在，還會期待。

2020/7/17 暖暖

要青春70　PG2457

要有光
FIAT LUX

我把時光予你

作　　者　暖　暖
責任編輯　喬齊安
圖文排版　蔡忠翰
封面設計　蔡瑋筠

出版策劃　要有光
發 行 人　宋政坤
法律顧問　毛國樑　律師
印製發行　秀威資訊科技股份有限公司
114台北市內湖區瑞光路76巷65號1樓
電話：+886-2-2796-3638　傳真：+886-2-2796-1377
http://www.showwe.com.tw
劃撥帳號　19563868　戶名：秀威資訊科技股份有限公司
讀者服務信箱：service@showwe.com.tw
展售門市　國家書店（松江門市）
104台北市中山區松江路209號1樓
電話：+886-2-2518-0207　傳真：+886-2-2518-0778
網路訂購　秀威網路書店：https://store.showwe.tw
國家網路書店：https://www.govbooks.com.tw
總 經 銷　聯合發行股份有限公司
231新北市新店區寶橋路235巷6弄6號4F
電話：+886-2-2917-8022　傳真：+886-2-2915-6275

出版日期　2020年8月　BOD一版
定　　價　300元

Printed in Taiwan

國家圖書館出版品預行編目

我把時光予你 / 暖暖著. -- 一版. -- 臺北市 :
要有光, 2020.08
面 ;　公分. -- (要青春 ; 70)
BOD版
ISBN 978-986-6992-51-3(平裝)

863.57　109010396

讀者回函卡

感謝您購買本書，為提升服務品質，請填妥以下資料，將讀者回函卡直接寄回或傳真本公司，收到您的寶貴意見後，我們會收藏記錄及檢討，謝謝！如您需要了解本公司最新出版書目、購書優惠或企劃活動，歡迎您上網查詢或下載相關資料：http:// www.showwe.com.tw

您購買的書名：________________________________

出生日期：________年________月________日

學歷：□高中(含)以下　□大專　□研究所(含)以上

職業：□製造業　□金融業　□資訊業　□軍警　□傳播業　□自由業

□服務業　□公務員　□教職　□學生　□家管　□其它_____

購書地點：□網路書店　□實體書店　□書展　□郵購　□贈閱　□其他

您從何得知本書的消息？

□網路書店　□實體書店　□網路搜尋　□電子報　□書訊　□雜誌

□傳播媒體　□親友推薦　□網站推薦　□部落格　□其他__________

您對本書的評價：（請填代號　1.非常滿意　2.滿意　3.尚可　4.再改進）

封面設計____　版面編排____　內容____　文／譯筆____　價格____

讀完書後您覺得：

□很有收穫　□有收穫　□收穫不多　□沒收穫

對我們的建議：________________________________

____

____

____

請貼
郵票

11466
台北市內湖區瑞光路 76 巷 65 號 1 樓

秀威資訊科技股份有限公司 收

BOD 數位出版事業部

....

（請沿線對折寄回，謝謝！）

姓　名：＿＿＿＿＿＿＿＿　年齡：＿＿＿＿　性別：□女　□男

郵遞區號：□□□□□

地　址：＿＿＿＿＿＿＿＿＿＿＿＿＿＿＿＿＿＿＿＿

聯絡電話：(日)＿＿＿＿＿＿＿＿＿＿ (夜)＿＿＿＿＿＿＿＿＿＿

E-mail：＿＿＿＿＿＿＿＿＿＿＿＿＿＿＿＿＿＿＿＿